MARISA AYESTA

La mujer que nunca fui

Cualquier forma de reproducción, distribución, comunicación pública o trans-
formación de esta obra solo puede ser realizada con la autorización de sus
titulares, salvo excepción prevista por la ley.
Diríjase a CEDRO si necesita reproducir algún fragmento de esta obra.
www.conlicencia.com - Tels.: 91 702 19 70 / 93 272 04 47

Editado por Harlequin Ibérica.
Una división de HarperCollins Ibérica, S. A.
Avenida de Burgos, 8B - Planta 18
28036 Madrid

© 2025 María Luisa Ayesta Fernández-Pacheco
© 2025 Harlequin Ibérica, una división de HarperCollins Ibérica, S. A.
La mujer que nunca fui, n.º 308 - 22.1.25

Diseño de cubierta: CalderónSTUDIO®
Imagen de cubierta: Dreamstime.com

ISBN: 978-84-1074-483-7
Depósito legal: M-21657-2024
Impreso en España por: BLACK PRINT
Fecha impresión Argentina: 21.7.25
Distribuidor exclusivo para España: LOGISTA
Distribuidor para México: Distibuidora Intermex, S.A. de C.V.
Distribuidores para Argentina: Interior, DGP, S.A. Alvarado 2118.
Cap. Fed./Buenos Aires y Gran Buenos Aires, VACCARO HNOS.

A Rosalía Mayor,
mi «compi» en Mesa y Mantel, mi colega en el
Periodismo, mi jefa en la APPA
y mi amiga en el corazón.
A su marido, Manuel Peláez.
Os quiero y os admiro a los dos.
Gracias por tanto.

Prólogo

«Esto no puede seguir así», pensaba desalentado Jaime Palma mientras se paseaba nervioso sobre la alfombra Aubusson del dormitorio de su esposa. «Seguro que está otra vez con el maldito Elías», murmuró, sin terminar de comprender que no había ya celos, ni siquiera algo de dolor. Sin embargo, la ausencia de su esposa a esas horas era un auténtico incordio. «Y colgará fotos en Facebook e Instagram, sin importarle que las vea todo el mundo».

No él, claro, él no tenía redes sociales. Él ya tenía para contarle a su madre y a su hermana, pero sobre todo para quejarse de que a causa de ella estaban en boca de todos.

Como si aquello pudiera importarle a él.

De la mesilla de noche de Marta cogió un marco de plata donde ella posaba, mirando fijamente a la cámara, con esa sonrisa perfecta que le había provocado mariposas en el estómago cuando la conoció.

Bueno, conocerla... conocerla no la había conocido nunca. Imaginó que durante unos meses, los primeros de su matrimonio, había vislumbrado uno de los papeles que ella había decidido interpretar. Porque en Marta todo era puro teatro, nada era natural.

Jaime la había visto, durante una fiesta, contar historias en las que nada era verdad y se sorprendía de que ella misma no se avergonzara de mentir tan descaradamente aun a sabiendas de que él estaba escuchando y de que sabía que no había sucedido así.

Con el tiempo, Jaime seguía sin haber descubierto si de verdad se creía lo que contaba, pues parecía sincera, o es que le daba igual mentir por mentir.

Casi desde el principio de su matrimonio había comprobado que con Marta nada era verdad. Y, con el desencanto, había tratado de continuar con su vida, independiente de la de su mujer. ¿Qué más podía hacer?

Tan solo pedía de ella un poco de comedimiento, puesto que había sido precisamente ella la que le había suplicado que no se divorciaran.

Aunque había límites que Marta se empeñaba en rebasar una y otra vez, quizá buscando provocarle. Pero él, hastiado, se limitaba a ignorarla, agrandando aún más sus infantiles reacciones.

Jaime le había ofrecido un divorcio beneficioso. Eran todavía lo suficientemente jóvenes para poder poner remedio a lo que, a todas vistas, había sido un error. Pero Marta se había negado categóricamente. El temor había brillado en los ojos de su esposa y, con chillidos histriónicos, le había asegurado que ella se había casado para toda la vida, que no hacía nada malo, que no tenía adónde ir, que él no podía deshacerse así de su mujer, puesto que había dado su palabra.

Jaime, quizá sin demasiada lucha, se había encogido de hombros y se había encerrado en su despacho para continuar con su nuevo proyecto. La verdad es que hacía tiempo que, con ella, todo le daba igual.

Por el contrario, el trabajo siempre había sido una de sus fuentes de placer. Como arquitecto, la creatividad, el dibujo, las líneas, los planos, podían abstraerle del mundo durante horas y hacerle olvidar todo lo que en su vida iba mal.

Ahora, de madrugada casi y no sabiendo por qué no podía dormir, se quedó un rato mirando la imagen de su mujer, el marco empequeñecido en sus enormes manos.

Era una de las mujeres más hermosas que había visto nunca. Y probablemente también una de las más frívolas.

¡Dios! ¡Cómo le había hecho perder la cabeza!

En la foto llevaba un vestido de cuello barco, sin mangas, que le permitía lucir su bronceado escote sobre el que descansaba un zafiro a juego con sus ojos azules. Unos ojos que, según había descubierto Jaime, tras su belleza, escondían una mente suspicaz y manipuladora.

En la muñeca derecha lucía el brazalete de diamantes que él mismo le había regalado por su compromiso. Sin embargo, en su dedo anular no aparecía la sencilla banda de oro que habían intercambiado, junto con sus votos, ante el altar.

Jaime suspiró. Volvió a dejar el marco donde estaba y se metió las manos en los bolsillos de su bata de seda de Prada mientras se balanceaba sobre sus zapatillas de estar por casa.

El teléfono sobre la mesilla, con la línea de la casa, sonó. Pensó que podría ser Marta. Quizá, elucubró rápidamente, le había llamado al móvil que se había dejado en su despacho, y no lo había oído.

—¿Diga?

—¿Jaime Palma?

—Sí, soy yo.

—Buenas noches, le llamo de la Jefatura de la Agrupación de Tráfico de Madrid. De la Guardia Civil.

Los pelos se le pusieron como escarpias. Apenas pudo entender lo que decían, lleno su cerebro de imágenes de Marta sepultada, bajo un amasijo de hierros, en mitad de una carretera. Colgó con el alivio de saber que todavía estaba grave, sí, pero viva, y cogió las llaves de su coche con la única idea de llegar al hospital cuanto antes.

PRIMERA PARTE

Capítulo 1

Tras más de dos meses yendo a diario al Clínico San Carlos, Jaime tenía sus rutinas de aparcamiento y llegada. El *hall* de entrada al inmenso edificio hospitalario, que tan extraño le había parecido aquellas primeras veces, era ahora tan familiar como su propia casa.

Hoy llegaba con la alegría de que había habido un nuevo cambio. Y positivo.

Tras el coma inducido al que habían sometido a Marta, por fin la habían despertado y, según le había informado la enfermera, si respondía bien las próximas veinticuatro horas, la trasladarían a planta.

Su madre, siempre práctica y siempre dos pasos por delante, no había dejado de atosigarle para que preguntara si sería acertado trasladar a Marta a una clínica privada, con todo lo que aquello conllevaba de habitación particular, libre acceso de las visitas, sala de estar, en lugar de continuar con la sanidad pública.

No le pareció mal. No ignoraba que, una vez en planta, era un incordio compartir habitación con más pacientes y sus correspondientes familiares.

Pero no estaba dispuesto a poner a su mujer en peligro si los doctores no lo tenían claro.

Llegó a la entrada de la UCI y tocó el timbre del telefonillo. Como ya le conocían, la enfermera que salió a abrirle le saludó y le esperó mientras se vestía con una bata azul, encima de su camisa blanca y sus vaqueros.

El box de Marta estaba diferente. Sin la máquina de respiración y solo un pulsómetro en el dedo, parecía más una habitación. En la repisa de la ventana, las flores que había encargado a diario, recibían, a través del cristal esmerilado, la luz de la mañana.

Debió hacer algún ruido, pues Marta giró la cabeza hacia él.

Se acercó rápido a la cama.

Qué delgada se había quedado. Y con el buen color que solía tener, dado que le encantaba estar al aire libre y tomar el sol, tenía el rostro tan blanco como la funda de la almohada.

Sin embargo, seguía tan preciosa como siempre. Y el aire de vulnerabilidad que mostraba, despertó en Jaime, otra vez, sentimientos hacia ella que había considerado que estaban enterrados.

Se sentó a su lado y le cogió la mano, con cuidado de no aplastarla.

—¡Hola! —murmuró algo emocionado.

Marta le mantuvo la mirada, escrutando su rostro como si fuera la primera vez que lo viera.

—¿Cómo te encuentras?

—Pues... desconcertada, la verdad. Me duele algo la cabeza y me siento muy floja, como si fuera incapaz de levantarme de la cama.

—No hace falta que te levantes. Todo lo que necesites, no tienes nada más que pedirlo. ¿Qué quieres?

—Creo que un poco de agua. Siento la boca y la garganta tan secas...

Jaime sirvió agua de una jarra que había al lado de un vaso, en la mesita. Poniéndose de pie, la ayudó a incorporarse y, con ayuda de la pajita, la vio beber.

—¿Mejor? —le preguntó cuando terminó.

Ella asintió.

—Gracias. Pero dígame, doctor, ¿por qué estoy aquí?, ¿qué me ha pasado?

Capítulo 2

Marta Gavilanes. Se llamaba Marta Gavilanes. Así se lo habían insistido una y otra vez, a pesar de que tanto el nombre como el apellido no le decían nada.

Había sufrido un accidente de coche y había estado más de dos meses en coma inducido debido a una fractura craneal. La lesión cerebral era lo que podía haber producido la amnesia.

Había intentado estar tranquila, pero ninguna de las caras que se asomaban por su cama le daba paz.

Había un hombre, alto, guapo, que decían que era su marido. ¡Su marido! ¿Cuándo se había casado ella? ¡Y ni siquiera sabía su nombre! ¿Tendrían hijos?

Un pinchazo en la cabeza le obligó a cerrar los ojos. ¡Por el amor de Dios! ¿Qué le pasaba?

Oyó a la enfermera decir que le habían dado un tranquilizante, que su frecuencia cardíaca estaba disparaba, mientras su supuesto marido no le soltaba la mano.

—Descansa, cielo.

Sintió la caricia de sus labios en la frente. No le

disgustó, quizá porque le resultaba familiar, quiso pensar mientras sentía cómo la oscuridad la abrazaba. Se durmió reconfortada con la sensación agradable del tierno beso de él.

Cuando volvió a abrir los ojos, el espacio a su alrededor había cambiado.

Enseguida echó en falta el zumbido al que ya se había acostumbrado de las máquinas de la UCI.

Ya no estaba rodeada de cortinas verdes, de cara a un pasillo, y no se oía el amigable charlar de las enfermeras.

Se encontraba en una habitación muy amplia con un ventanal a través de cuyo cristal podían verse las copas de los árboles. Eran plátanos de sombra. Lo sabía porque había leído en algún sitio que eran la especie más numerosa en las calles de Madrid y, desde donde estaba, podía distinguir algunas de las tricomas entre las hojas.

Entonces se acordó: la habían trasladado a una clínica privada, «a un sitio mejor», le había asegurado el hombre que decían era su marido.

Oyó a alguien respirar, algo parecido a un ronquido ligero, y se sobresaltó al darse cuenta de que no estaba sola.

Era su marido, se dijo otra vez. Le habían informado de que ella padecía amnesia, que por eso no se acordaba de él, ni de más cosas.

Al sentir que su corazón volvía a dispararse con el recuerdo, cerró los ojos y trató de calmarse. Se negaba a que la pincharan como las otras veces para dormirla. Tenía que afrontar la realidad. Respiró por la nariz y exhaló por la boca tratando de relajar su cuerpo.

¿Cómo podía conocer la especie de árboles que asomaban por la ventana, o que estaba en Madrid, y saber que era esta la capital de España, e ignorar su propio nombre o que estaba casada?

Debió despertar a su durmiente compañero, porque la siguiente vez que abrió los ojos, ya más calmada, se lo encontró mirándola.

Llevaba una arrugada camisa azul claro con las letras «JP» grabadas en un tono de azul más oscuro sobre el bolsillo.

—¿Cómo estás?

—Bien —contestó—. ¿Dónde estamos?

—Nos hemos trasladado a La Milagrosa. Así estamos con más privacidad y más cerca de casa. ¿Te parece bien?

Ella asintió. ¿Qué otra cosa podía hacer?

—Se agradece la tranquilidad, sí.

—Eso pensé yo. —Y le cogió la mano como ya lo había hecho la anterior vez.

—¿Eres mi marido? —No supo de dónde había salido la pregunta tan directa.

Sin embargo, él sonrió.

—Sí. ¿Te parezco una buena elección? —le dijo sonriendo y fingiendo posar con un buen gesto.

Marta asintió, reconfortada por su sonrisa y devolviéndole a él otra.

—¡Dios, Marta! ¡Cuánto me alegro de que estés mejor! —dijo mientras le besaba los nudillos y la palma de la mano. La barba, incipiente, le hizo cosquillas y aunque era una sensación novedosa, también era muy agradable.

—Lo habrás pasado fatal, pobre. Me tienes que contar todo. No me acuerdo de nada. Ni siquiera... —se calló, cohibida.

—Ni siquiera... ¿qué?

—Ni siquiera me acuerdo de tu nombre.

El rostro de él se demudó, impresionado. Pero

casi al instante, por la fuerza de su voluntad, sonrió y le dijo:

—Te acabarás acordando, ya verás. Pero pregúntame todo lo que quieras. Me llamo Jaime. Jaime Palma.

—Encantada, Jaime. Dicen que yo soy Marta Gavilanes. —Y sonriéndose ambos, se estrecharon la mano.

Capítulo 3

—¿Y hace cuánto nos casamos?

—Dos años.

Jaime se había acostumbrado. Ya no le dolían las constantes preguntas de ella. Los doctores habían insistido en que le respondiera a todo lo más sinceramente posible, que había muchas probabilidades de que recordara de repente. Con la mayor naturalidad posible le había contestado a sus preguntas sobre el accidente. Ella había fruncido el ceño al comprender que estaba con un hombre que no era su marido, a altas horas de la noche... y se había visto obligado a contarle que no era algo inusual.

Ella parecía recibir las informaciones con extrañeza. Tratando de digerir y de identificarse de alguna manera. Pero seguía sin hacerse la luz.

Había pasado una semana completa desde que Marta había salido del coma. Su joven esposa sabía hablar, leer, comer, beber, vestirse. Sin embargo, no recordaba su propio rostro, ni nada significativo de su vida. No se acordaba de sus padres, fallecidos cuando cumplió la mayoría de edad, ni del colegio en el que estudió. No se acordaba de Jaime, ni de haberse casado. Había parecido sinceramente asombrada cuando le había contado que el día del accidente conducía Elías Jordá, al que había definido como un amigo suyo. Incluso a Jaime le había parecido percibir un tono reprobador cuando Marta había preguntado por los detalles de su relación con aquel hombre.

Por otro lado, como si con la falta de memoria hubieran desaparecido también sus barreras, su carácter era más suave que nunca, incluso con cierto sentido del humor que le hacía sonreír constantemente. Y la curiosidad desnuda, ingenua y sincera, que la Marta antigua no se hubiera permitido nunca mostrar, era una nueva constante en ella.

Su rostro, antes siempre tan poco expresivo y frío, reflejaba su alma constantemente.

—¿Y no tenemos hijos?

—No. —Negó él, simplemente, temiendo lo que venía a continuación.

—¿Alguno de los dos no puede? —preguntó ella con esa sencillez con la que Jaime ya se estaba familiarizando.

—Lo ignoro. Nunca lo intentamos.

—¿Cómo que nunca lo intentamos?

Ante la diversión de Jaime, ella se sonrojó. ¿Qué estaría pensando?

—Tú no querías tenerlos, Marta —dijo al fin. ¿No le habían dicho los médicos que fuera sincero?

La paciente permaneció callada unos minutos. Jaime sabía que estaba rumiando y esperaba con ansia la siguiente pregunta.

—¿Y por qué no quería?

—Algunas parejas no quieren tener hijos, Marta. Es normal.

—¡Ah!

Sabía que la respuesta no le había satisfecho, pero imaginaba que lo dejaría ahí hasta que volviera a sacarlo de manera diferente, que era lo que hacía cuando no se quedaba contenta.

La entrada en la habitación de su madre y su hermana cortó nuevas pesquisas de su esposa.

Jaime se levantó a saludarlas sin perder de vista el rostro de Marta.

Su cara no reveló ningún reconocimiento, pero tenía, como siempre, la sonrisa afable en los labios.

—Cariño, son mi madre, Luisa, y mi hermana, Pilar.

—Encantada. —Era lo natural en ella, claro, pero tanto su suegra como su cuñada parecieron realmente afectadas por el comentario.

—¡Oh, Dios mío! ¿Es verdad que no recuerdas nada? ¿No nos recuerdas en absoluto?

Marta se encogió de hombros. En su camisón de Guezal y con la mano sujetando pudorosamente el embozo de las sábanas sobre su pecho, parecía una niña.

—Lo siento. Es como si no os hubiera visto nunca —aclaró con una naturalidad que estaba lejos de sentir y con la boca seca.

—¡Es horrible! —exclamó Pilar considerando la gravedad del infortunio—. ¿Y los médicos creen que recuperarás la memoria?

—Esperan que sí —dijo animosa Marta—. En realidad, según nos han dicho, en esto de la memoria, cada paciente es un mundo. Nos han contado que ha habido todo tipo de casos. Gente que pierde toda la memoria, como si hubiera vuelto a nacer: no sabe ni hablar, ni comer, cuando despierta del coma. Otros que solo han olvidado un tiempo antes del accidente. Y así... Algunos recuperan la memoria del todo. Otros solo una parte. Otros no la recuperan nunca y aprenden a vivir su nueva vida con ese vacío. —Empezó a sonar ligeramente entristecida y Jaime no quería verla así.

—Da igual lo que suceda, Marta, nos tienes para ti y para todo lo que necesites. No te preocupes. ¿Verdad que no te vas a angustiar? —la interrumpió con la esperanza de animarla.

—La verdad es que ignoro si se debe a la falta de memoria o qué, pero no me encuentro excesivamente apenada. No sé qué es lo que me he perdido. —Se encogió de hombros—. Me siento extraña, pero no sé, de momento estoy tan sobrecargada de información, que no me da tiempo a pensar en lo que haya podido perder.

—¿Cuándo os van a dar el alta? —preguntó Luisa, tratando de centrarse en la parte práctica.

—Mañana.

—¿Tienes ganas de ir a casa, cielo?

Marta se encogió de hombros, pero su sonrisa era tan enorme que los desarmó a los tres.

—Pues no me acuerdo de la casa. Y de momento esta habitación del hospital y la otra del Clínico son las únicas que recuerdo haber tenido en mi vida. Así que supongo que sí. Tengo mucha curiosidad por ver dónde vivo.

Capítulo 4

La curiosidad era, exactamente, la palabra que definía a Marta en aquellos días.

Se puso sin rechistar la ropa que le trajeron Luisa y Pilar y salió del cuarto de baño del hospital con un conjunto de pantalón y jersey de suave lanilla, pareciéndose tanto a la antigua Marta, que produjo en Jaime un extraño dolor verla, hasta que abrió la boca.

—He engordado un poquito, ¿o me gustaba la ropa apretada? —le preguntó a su marido, mientras se levantaba la camisa y le enseñaba los ceñidos pantalones en un gesto tan poco afectado que enseguida dejó de ser la antigua Marta.

En realidad, y según Jaime, había adelgazado, pero probablemente sí, le gustara llevar la ropa ceñida, marcando curvas y, como la nueva Marta lo había olvidado, le chocaba.

—Lo ignoro. Pero en cuanto llegues a casa, si quieres, te cambias y te pones otra cosa. Y si no hay nada que te guste en los armarios, compras ropa nueva.

Marta lo miró asombrada.

—No me voy a poner a comprar pantalones ahora. Estos están perfectos así. Solo preguntaba.

—¿Por qué?

—¿Mmm? —murmuró mientras se peinaba ante el espejo del aparador.

—¿Por qué no vas a ponerte a comprar ropa?

—No sé, Jaime, en realidad, no tengo ni idea ni del dinero que tenemos. ¿Teníamos buenos sueldos? —Se volvió a poner roja con ese rubor que ya se estaba haciendo tan familiar para su marido—. No sé cómo decirlo, pero es que no sé si hay ahorros para gastar o no.

—Tenemos dinero para gastar —aseguró Jaime tranquilamente y, se dio cuenta, hasta un poco divertido.

—Bien.

—¿Por qué? ¿Hay algo que quieras comprar?

—Pues, si te parece bien, solo si te parece bien, me gustaría mandar un detalle para las tres enfermeras que me han estado atendiendo estos días. Ellas... —Marta carraspeó incómoda—, bueno, ellas yo creo que han sido unas excelentes profesionales. ¿No te parece?

Se estaba poniendo tan roja como una amapola y Jaime se preguntó por qué le parecía tan encantador.

—Muy bien. ¿Flores? ¿Bombones? ¿Una joya?

—No lo sé. ¿Qué es lo habitual? ¿Flores, no?

—Perfecto. Díselo a Graciela y ella se encargará.

—¿Graciela?

—Es tu asistente.

—¿Tengo una asistente?

—En realidad se encarga de todo en la casa. Pero como la casa era asunto tuyo, pues sí. Es tu asistente.

A Marta se le abrieron los ojos.

—¿Necesito una asistente para llevar la casa?

Jaime se encogió de hombros.

—Supongo que así es más cómodo, sí.

«¿Qué tipo de casa tenemos?», quiso preguntar Marta, pero se mordió la lengua.

Su curiosidad iba a ser rápidamente respondida.

En la puerta de la Milagrosa, un chófer uniformado les esperaba ante un Tesla color marino, con la puerta trasera cortésmente abierta para ellos. Sin mediar palabra, le cogió a Jaime la bolsa de mano que llevaba y les ayudó a sentarse.

Marta echó de menos que ni siquiera les saludara y ella se sintió cohibida por su gesto adusto. Imponía bastante que no te hablase ni te mirase una persona con la que compartías un espacio tan pequeño. Igual estaba cumpliendo algún protocolo que ella desconocía, se consoló pensando.

Desde su cristal tintado, miró desfilar los edificios del barrio de Chamberí con los altos plátanos de sombra.

—Son plátanos de sombra... —musitó para escucharse decirlo en voz alta.

—¿Cómo dices?

—Los árboles de esta calle. Son plátanos de sombra. Me dan alergia. No sé cómo lo sé. Pero lo sé. Soy alérgica al polen de estos árboles en primavera.

Jaime la miró tratando de demostrar más tranquilidad de la que sentía. No recordaba a Marta con alergia, pero no es que hubiera prestado mucha atención, la verdad.

—Eso es bueno. Ya nos dijo la médico que la memoria podía volverte de golpe y porrazo, o poco a poco en pequeñas cosas. —Cogió la mano de ella—. Estás temblando —le dijo preocupado.

Marta se encogió de hombros.

—Nervios, supongo.

Jaime se llevó la mano a los labios y besó la

palma en un gesto que ya estaba empezando a ser familiar para ella.

—La recomendación de la doctora fue que no te metieras prisa. Que si ha de volver, la memoria volverá. No te preocupes.

—Lo intento. ¡Pero es tan raro!

Le volvió a dar otro beso.

—Lo siento, cariño. Lo siento tanto todo.

—Tú no tienes la culpa.

—Mira —la distrajo, porque odiaba verla entristecida—, ya estamos en casa.

Marta miró cómo el chófer paraba ante un portal de doble hoja de madera y un techado a un agua cubriéndolo. El edificio, una casa individual, parecía encastrada entre dos altos edificios de pisos, en la calle Modesto Lafuente.

—¿Vivimos aquí?

Jaime asintió.

—¿No te suena ni un poco?

Marta se encogió de hombros.

—Quiero pensar que, si vivía en un palacio, no se me olvidaría, pero parece que sí que puede ser. —Le miró a él, excusándose—. Me he olvidado hasta del príncipe.

¡La leche!, pensó por dentro la joven, ¡somos ricos!

«Perros peligrosos», leyó que ponía un cartel fijado en la pared.

—¿Tenemos perro?

—Sí, pero no es precisamente peligroso.

—¡Ah!

—¿Por qué? ¿Te molesta?

—No sé. Creo que me gustan, sí. Hacen compañía, ¿no te parece?

—Supongo que sí. —Jaime se encogió de hombros.

No le mencionó que el precioso labrador que andaba libre por el terreno había sido su regalo de cumpleaños y que ella no solo no lo había apreciado lo más mínimo, sino que le había disgustado profundamente.

Entraron a un patio cerrado y el coche se paró ante los cuatro escalones que conducían a la puerta de entrada. La fachada era impresionante.

Una señora vestida con un sobrio traje camisero en azul marino, de robusta figura y pelo negro recogido en un moño, salió a recibirles.

Jaime cogió a Marta del codo para guiarla.

—Esta es Graciela, Marta.

«Mrs. Danvers», pensó la joven, viniéndole inmediatamente y como un relámpago una imagen de alguien muy parecida a aquella señora que la miraba inescrutable. ¿Quién era Mrs. Danvers?, se preguntó mientras esbozaba una educada sonrisa ante aquella imponente mujer.

—Encantada —en cuanto lo dijo, se dio cuenta de su error—. Bueno, encantada de volverla a ver —intentó aclarar.

Graciela esbozó una sonrisa forzada.

—No se preocupe. El señor me ha explicado su estado. La comprendo. ¿Necesitan algo?

—Pensaba enseñarle la casa a Marta —le informó Jaime—. Vaya preparando sus cosas y en un par de horas comemos —y dirigiéndose a su esposa, le preguntó—: ¿Te parece bien? ¿Tienes hambre?

Marta miraba el edificio ante ella. La puerta, entreabierta, ofrecía la vista de un luminoso *hall*. Distribuida desigualmente en dos y tres plantas, con ventanas y almenaras, el edificio, según le contó Jaime mientras daban una vuelta alrededor y contemplaban la parcela, era un pequeño palacete

construido en 1927 por el arquitecto Jesús Carras-
co-Muñoz Encina, uno de los más famosos del primer cuarto de siglo en la capital madrileña, por un
encargo del marqués de Taurisano.

Enseguida les llegaron los alegres ladridos de
un perro. Instintivamente, Marta se agarró al brazo
de Jaime.

—¿Te da miedo?

—Creo que no, pero impone —dijo riendo cuando el labrador la olisqueó entre ladridos y movidas
de cola.

—¡Hola! ¡Hola! ¡Hola! —le saludó, encantada,
acariciando su cabeza. El labrador, todavía un cachorro a pesar de su tamaño, lloriqueó de placer al
sentirse el centro de atención—. ¡Yo creo que me
reconoce! —dijo la joven, sin disimular su entusiasmo y sin importarle que le chupara la cara—. ¿No
crees? —preguntó, sin mirar a Jaime—. ¿Cómo te
llamas, bonito? ¡Eres precioso, sí!

—Fue tu regalo de cumpleaños hace unos meses.

No le quiso decir que ni siquiera le había puesto
nombre.

—¿Es mío? ¿Eres mío, chiquitín? ¡Tengo un perro!
¡Ay, madre, qué ilusión! ¿Me has echado de menos?

La cola del perro se movía a tanta velocidad que
Jaime pensó seriamente que se iba a fracturar la
cadera.

—¿Cómo se llama?

Jaime se pasó la lengua por la boca no sabiendo
qué decir.

—Creo que te referías a él como «el perro».

Marta, que había estado inclinada sobre el can,
se incorporó para mirarle, asombrada.

—¿No le pusimos nombre?

—La verdad es que no.

—¿Por qué?

El silencio de Jaime solo duró unos segundos antes de que ella dejara de sostenerle la mirada.

—No me gustó el regalo, ¿no? —E hizo una mueca—. A lo mejor antes no me gustaba, pero ahora me encanta. ¡Me encanta tener un perro! —aseguró con sinceridad absoluta tal como reflejaban sus risas de placer cuando el perro la lamía.

Su marido se encogió de hombros.

—En su momento, me pareció buena idea.

Se guardó para sí mismo que aquel perro había sido otro de sus fallidos intentos de hacer a Marta más casera y familiar. Su prima, Lucía de Llanza, había mandado al grupo de WhatsApp de la familia mil vídeos y fotos con la nueva camada de labradores Red Fox de Fuente del Fresno y Jaime había pensado, ingenuamente, que un cachorro enternecería el endurecido corazón de su esposa, con la idea final de volver a conquistarla.

—Bueno, me parece precioso. ¡Muchas gracias! —le repitió, como si acabara de recibirlo. Y le depositó un ligero beso en la mejilla.

Jaime insistió en que el perro no entrara en la casa y, tras enseñarle los salones, la cocina, la puerta que llevaba a las dependencias del servicio y la planta donde estaban los dormitorios, Marta miró asombrada cómo le mostraba que tenían estancias separadas, unidas por una puerta interior comunicante.

—¿Dormimos en habitaciones distintas? —la joven sintió que se ruborizaba al preguntarlo.

Jaime no le respondió, tan incómodo como ella, simplemente la miró y asintió con la cabeza.

—Te dejaré sola un rato para que puedas organizarte y, si lo deseas, ponerte cómoda para comer. Estarás cansada. Échate un rato.

Capítulo 5

Marta estaba agazapada tras un mueble. Oía una conversación mantenida por un hombre y una mujer en la misma sala donde se encontraba ella.

Sabía que la voz de ella era de alguien familiar, pero la identidad se le escapaba entre los dedos en cuanto dejaba de escucharla interrumpida por la intervención del hombre.

El hombre y la mujer estaban discutiendo, chillándose incluso, y aunque Marta sentía ganas de intervenir y salir en defensa de ella, algo que no recordaba la mantenía detrás de aquel mueble sin atreverse a respirar.

Oyó entonces truenos y con la llegada de un rayo se apagaron y encendieron las luces de la estancia.

Iba a asomarse a mirar, pero una mano detrás de ella, cubriéndole la boca, la guio hacia un pecho de hombre envuelto en una camisa blanca y al olor de perfume masculino.

Al elevar la vista, asustada y todavía amordazada por la mano que le apretaba los labios con fuerza, vio un rostro desconocido que negaba con la cabeza y se llevaba el índice a los labios en el signo universal de guardar silencio.

Marta quería ver qué había pasado, pero el hombre no la dejó y la arrancó de allí, arrastrándola a la fuerza, y de repente, se despertó en penumbra, sudada y con el corazón atronando como si fuera un tambor.

Al principio no sabía dónde se encontraba. Sintió pánico. Hasta que recordó que le faltaba la memoria. ¡Qué paradoja! No se acordaba de nada, pero recordaba que le faltaba la memoria.

Entonces, ¿qué era lo que había soñado? ¿Un recuerdo? ¿Una pesadilla? ¿Quién era el hombre que le había prohibido mirar qué pasaba? ¿Qué había ocurrido para que aquel rayo y aquel trueno la asustaran tanto?

Se incorporó en la cama con la esperanza de respirar mejor.

Unos suaves golpes en la puerta le devolvieron a la actualidad.

—¿Estás lista para bajar a cenar? —le preguntaron mientras la puerta se abría apenas un palmo.

Era la voz de su marido. Su marido, ¡qué extraño! No recordaba haberle visto con anterioridad y, sin embargo, qué buen partido parecía: guapo, joven, rico, educado... ¿Cuándo se habían conocido? ¿Cómo se habían enamorado?

Marta carraspeó indecisa.

—Entra, por favor. Me he quedado dormida.

—Eso está bien. La doctora dijo que necesitarías dormir más de lo normal hasta que el cuerpo se recupere del todo.

Jaime había entrado en la habitación y con la delicadeza que ella ya había aprendido a ver en él, en lugar de encender la luz más luminosa del techo, se acercó a la más suave del aplique sobre el cabecero de la cama.

—¿Te encuentras bien?

—Ahora sí. Creo que he tenido una pesadilla.

—Si quieres, podemos pedir que te suban la cena aquí y no bajas.

—Al contrario. Creo que como no me canse un poco, no voy a poder dormir.

—Espero que no te importe que hayan venido mi madre y mi hermana a cenar con nosotros.

—¡Claro que no! ¡Son nuestra familia! —Lo pensaba sinceramente. Lo encontró normal—. Jaime...

—¿Sí?

—Nada. Estoy todavía con el sueño que he tenido.

—Cuéntamelo.

—Es muy extraño. Yo estoy escondida escuchando una pelea entre un hombre y una mujer. No puedo verlos. Y de repente oigo un trueno ensordecedor y las luces de la casa parpadean por la tormenta. Y cuando voy a salir de mi escondite a mirar, porque sé que ha pasado algo con las dos personas que discutían, otro hombre me lo prohíbe y me cubre la boca para que no chille ni diga nada. —Se encogió de hombros mientras un temblor la recorría—. Supongo que no es nada. Pero creo que es la primera vez que recuerdo lo que sueño desde el accidente. No sé si significará algo.

Jaime se encogió de hombros.

—Que yo sepa no ha pasado nada lúgubre últimamente. Y en esta casa funciona la luz fenomenal. Ni la peor de las tormentas podría con la instalación eléctrica que tiene. Igual estás uniendo películas que hayas podido ver en el pasado... Le preguntaremos al médico en la próxima consulta. ¿Has reconocido al hombre que te cubre la boca?

Marta negó desalentada y era tal la decepción en su rostro, que su marido solo quiso animarla:

—Bueno, no lo pienses. Las cosas se irán resolviendo por sí solas, ya verás. Igual es un actor. ¿Bajamos al comedor? —le preguntó extendiéndole la mano para ayudarla a salir de la cama.

—Me arreglo un poco y voy, ¿vale? —dijo, aunque aceptó su mano en un primer momento.

Cuando se arregló, bajó con unos sencillos vaqueros y un jersey largo de fino cachemir, el pelo recogido en una coleta.

—¡Hola otra vez! —saludó alegre a su cuñada y su suegra cuando entró en el comedor.

—¡Oh! ¡Estás preciosa, Marta! —dijo realmente admirada Luisa.

—¡Vaya! Gracias.

—Lo digo en serio. —¿Cómo podía ser que, sin ninguno de los artificios con los que estaban acostumbrados todos a verla, su nuera pudiera ser tan sencillamente hermosa?—. ¿Cómo te encuentras?

Marta se ruborizó y dio las gracias con un gesto a Jaime que le había apartado la silla para que se sentara a la mesa.

—Físicamente, muy bien. Quizá algo... lánguida. ¿Sabes? Como si no tuviera fuerzas para hacer nada. Pero me cuidáis tanto... que no parece importante. Lo peor es la sensación que tengo como de susto. Como de que tengo algo pendiente y no sé qué es. Supongo es mi cerebro recordándome constantemente que he perdido la memoria. —Se encogió de hombros de una forma tan indefensa que su suegra sintió, por primera vez desde que conoció a la mujer de su hijo, que se le desataba el instinto maternal y la ternura.

—No te preocupes —en un gesto de apoyo le tocó la mano—, no te vamos a dejar de cuidar, ¿verdad, Pilar? —incluyó a su hija en la conversación, exigiéndole con la mirada que aceptara—. Nos tienes para lo que necesites.

—Sí —consintió su cuñada—. Nos tienes para lo que necesites.

—Supongo que poco a poco tendré que ir haciendo mi vida y quizá, con suerte, algún día vaya recordando cosas.

—Claro que sí. Esa es la actitud.

—Imagino que no podré trabajar. ¿A qué me dedicaba?

Los tres de la mesa se miraron unos a otros. Al final fue Pilar, su cuñada, quien habló.

—Pues creo que habías estudiado la carrera de Derecho, pero te casaste con Jaime antes de ponerte a ejercer y al final no trabajabas. —Había comenzado con gran ímpetu.

—¡Ah!

Jaime la miraba sin decir nada y Marta sintió que enrojecía. ¿Qué diablos hacía ella todo el día?

—¿Éramos muy amigas tú y yo, Pilar? —En cuanto lo dijo, se dio cuenta de que parecía que la estaba cuestionando—. Perdona, no he querido ser ruda.

El mozo de mesa se acercó a la izquierda de Marta. Aunque al principio pareció sorprendida de que apareciera a su lado la fuente con las viandas, enseguida comenzó a servirse con naturalidad. Jaime la miraba sin quitarle ojo.

—En realidad, teníamos una relación cordial de cuñadas. —Fue el turno de Pilar de ser observada por su hermano.

—Me ha dicho Jaime que yo no tenía familia. ¿Amigas? —preguntó. Y miró a los tres.

—¡Oh sí! Claro que sí. —Pilar creció en entusiasmo—. Todos los días tenías muchísimos planes. ¡Ya sé! —Miró a su hermano—. Jaime, podríamos darle su móvil. Lo tendrás tú, ¿no? ¿Nacho te lo ha devuelto?

—¿Nacho?

Tres caras le miraron como si no dieran crédito.

—Es un primo nuestro, que casualmente es comisario de la Policía Nacional, en la calle Rafael Calvo.

—¡Ah! ¿Y por qué tiene mi móvil él?

Jaime le explicó:

—¿Te acuerdas que te comenté que con motivo del accidente de coche que sufriste estaban investigando? ¿Recuerdas?

Marta le miró molesta.

—Sí, claro que me acuerdo. Murió un hombre. Elías. Elías Jordá. Era muy amigo mío. —Se calló, mirándoles a todos. No sabía por qué se estaba enfadando. Al sentir el alivio en sus compañeros de mesa, se tranquilizó algo—. Pero eso no explica por qué la Policía tiene mi móvil.

Jaime carraspeó.

—Están investigando. Comprueban que fue en verdad un accidente.

Aquello pareció calmar a Marta.

—Y tengo tu móvil, sí.

Marta se quedó pensativa. Quizá el móvil le facilitara respuestas que Jaime no había podido o no había querido darle y que ella, por prudencia, no se había atrevido a insistir en pedir. Tenía ganas de cotillear en su móvil. Igual allí empezaba a reconocer personas o hechos...

—Sin embargo, no esperes mucho. Tenías los mensajes temporales activados, así que solo se han conservado los del día del accidente. No hay casi conversaciones que mirar.

Marta ocultó su desilusión, pero se negó a perder la esperanza.

Capítulo 6

Quizá por un acuerdo silencioso, una vez que comieron, su cuñada y su suegra se sentaron con sendas revistas en los sofás y, tras entregarle el móvil, Jaime desapareció.

Sintiéndose fuera de sitio en cualquier estancia, Marta salió al jardín. El perro, que aunque no estaba a la vista parecía haberla oído, fue a su encuentro y, tras recibir de ella unas protocolarias caricias que contribuyeron a subirle algo el ánimo, la acompañó a un porche. Desechando unos confortables asientos alrededor de una mesa de centro decapada, Marta se sentó en las escaleras con el móvil en las manos. El perro, que la lamía de vez en cuando, se sentó a su lado.

Aunque el teléfono le pedía la contraseña para entrar, consiguió desbloquearlo con el reconocimiento facial.

Se dio cuenta de que sabía navegar con naturalidad por las aplicaciones. Se dirigió primero al icono de los contactos. Comprobó que había exactamente setecientos cincuenta y tres. ¡Demasiados! Tendría que ir analizándolos poco a poco.

Jaime estaba escrito con su apellido, pero antes

del nombre llevaba las dos AA, así como el de Graciela, nombre que, quizá por su sencillez, le era mucho más difícil de recordar que Mrs. Danvers.

Desplazó los contactos hacia arriba con la esperanza de reconocer alguno. Unos venían acompañados de alguna descripción, bien profesional, del tipo «jardinero», «limpiacristales», «chófer», «asistenta», «tienda flores», «showroom», «diseña collares»; bien por encuentros: «boda Trini», «cumple Casilda»; bien por identidades en redes sociales: @serfelizsinmas @brillibrilli @ropaparati o con nombres y apellido.

Se fijó en el único nombre solo, sin apellidos y coloquial que le pareció figuraba en todo el listín: «Terete». ¿De quién sería ese nombre solitario? Había muy pocas conversaciones que mirar, según comprobó al entrar en WhatsApp, efectivamente se habían borrado casi todas menos las del último día, ya que la Policía o Jaime habían desactivado la eliminación automática.

Se introdujo en el chat con Elías Jordá. Le horrorizó darse cuenta de que se mandaban corazones, frases con comentarios subidos de tono y soeces, y, para su horror, encontró un *selfie* suyo que le había mandado la mañana del accidente, tumbada en una cama, completamente desnuda, enseñando más de lo que era decente y mal tapada con una sábana. Su mirada, aunque con el efecto artificial de resultar una pose, tenía aún esa placidez de recién despertada que evocaba cierta sensualidad.

Marta intentó reconocerse en aquella mujer con su misma fisonomía, pero de la que no sabía nada. Aquello daba un cariz totalmente adulto a su relación con el fallecido.

Entró en el chat con Jaime. Los mensajes, escuetos, servían para informarse mutuamente del paradero del otro. Ni un te quiero, ni un corazón, ni un beso. Avisos de sitios a los que imaginó que irían juntos: «Nos han invitado Pilar y Juan a cenar», «Dile a Graciela que no cuente conmigo para comer»... Nada con su suegra y su cuñada, sin embargo. Y con el resto, había varios chats de grupos para quedar, o con comentarios sobre tiendas o restaurantes de moda.

Nada le aclaró quién era ella, ni quiénes eran todos esos desconocidos, pero el desánimo la inundó al darse cuenta de que no le gustaba ni un poco la mujer que era, que no se sentía en absoluto identificada con alguien que engaña a su marido con otro, ni siquiera con alguien que se limitaba a flirtear con otro. No iba con ella. O por lo menos no ahora. No comprendía cómo, según parecía, pues no podía negar las evidencias, podía haberlo hecho.

El labrador debió notar su tristeza, pues metió el hocico debajo de su móvil. Haciendo un ruido poco femenino con la nariz, Marta lo acaricio y apoyó su cara contra la cálida cabeza de él.

Con un suspiro y cogiendo ánimos, decidió seguir mirando.

Las conversaciones con Graciela también eran escuetas. «Asegúrate que tengo la camisa blanca preparada», «No ceno en casa».

Deslizó con el dedo y fue entrando en los chats, ya vacíos de conversaciones, en los que ella había participado los días antes del accidente. Le conmovió comprobar que se chateaba con muchos más hombres que mujeres (prácticamente, excepto por Graciela).

Aunque comenzó a refrescar, era incapaz de levantarse de allí. Continuaba abrazada a la cabeza del labrador al que por fin, decidió bautizar, tratando de poner distancia a la realidad que tenía en la mano y con la que se sentía tan incómoda.

—Así que no tienes nombre, ¿eh? Pues eso va a cambiar —le dijo acariciándole detrás de las orejas.

El perro la miró girando la cabeza como si quisiera comprender lo que decía.

—¿Qué nombre te gustaría tener? El nombre es muy importante en la vida. —Aquello le hizo reflexionar sobre el suyo. Era un nombre común y bonito y decidió que le gustaba, sí—. ¿Qué te parece... Teo? ¿Te gusta? ¿O prefieres algo con «R»? ¿Rau? —Al levantar el animal las orejas como si estuviera haciendo un esfuerzo por entenderla, Marta insistió—: Con «R» y con «T». ¿Te gusta Tor? —Como respuesta, el perro le lamió la cara, hizo un lloriqueo y movió la cola con énfasis. Marta se rio mientras se limpiaba con el dorso de la mano—. ¿Te gusta Tor? Bueno, pues ya está. —Cogiéndole la mandíbula entre las manos le dio un beso en el lomo del hocico—: Pues serás Thor, pero con «h», como el hijo de Odín. ¿Te gusta? —Como el perro la seguía lamiendo por toda la cara, Marta se reía al sentir que le hacía cosquillas. Aquel perrillo, con su alegría, moviendo la cola y llenándola de besos perrunos, había conseguido levantarle su hundida moral.

Capítulo 7

Desde las ventanas del salón donde todavía su madre y su hermana hablaban de cosas que Jaime apenas seguía con interés, el dueño de la casa podía ver a Marta sentada en el suelo del porche. Le preocupó que hiciera frío o que el suelo lo estuviera, pero no se sintió con derecho a interrumpirla. Ni siquiera para cuidarla. Hacía tiempo que no.

Parecía sumamente interesada en el móvil. El mismo que tantas veces él había deseado arrojar por una ventana.

Él ya había echado un vistazo a los chats y llamadas con anterioridad, no en vano habían pasado más de dos meses desde el accidente.

La noticia de lo ocurrido había salido incluso en el telediario de Antena 3 y de Televisión Española y la revista *Hola!* había vuelto a publicar las fotos de la boda entre Marta y Jaime, que había obtenido por *paparazzis* cuando se casaron, ya que Jaime se había hecho relativamente popular cuando había vendido su aplicación a Microsoft. A los medios se les había hecho la boca agua con aquel joven, atractivo e inteligente arquitecto convertido en millonario y, durante una temporada habían tratado de emparentarle con alguna que otra chica.

Cuando Jaime había vuelto a ver en la revista las fotos de su boda, había pensado que parecía haber pasado mucho más tiempo. Se sentía tan distinto y tan «de vuelta» del ilusionado rostro que reflejaba el papel cuché.

Miró cómo Marta besaba al perro y negó con la cabeza.

Había consultado con el neurocirujano sobre el carácter tan diferente de su mujer. Le había asegurado que, si recobraba la memoria, lo mismo podría volver a ser como antes que quedarse como ahora. O sea, que, como llevaban insistiendo desde que se desveló la pérdida de memoria de su esposa, no sabían nada.

La nueva Marta resultaba mucho más atractiva para Jaime que la antigua. Y eso era algo que le preocupaba.

No estaba dispuesto a caer en las redes de su mujer por segunda vez. Ya había tenido suficiente con una. Sin embargo, esta Marta que no recordaba nada de sus discusiones, de sus alejamientos, de sus malestares, que andaba absolutamente perdida en el mundo y que dependía de él y de su honorabilidad para seguir viviendo, le removía insistentemente.

¿Cómo podía alguien que odiaba a los perros y que incluso había llegado a pegar alguna patada al cachorro cuando este, emocionado, se acercaba a saludarla, darle ahora besos y tenerlo como mejor amigo?

¿Qué había hecho aquel accidente con su mujer y por qué había nacido en él la esperanza de nuevo?

—No me estás escuchando, cielo.

Oyó a su madre decirle interrumpiendo sus pensamientos.

—Perdona, mamá, ¿qué ocurre?

—¿Qué le vas a contar a Marta sobre nosotras?

Se encogió de hombros.

—Procuro darle la información que me va pidiendo a medida que la va solicitando. Pero no es fácil.

—Eso es porque eres un buen hombre —le dijo su madre.

—Sí, Jaime. —Su hermana Pilar se levantó y se posicionó frente a él—. Yo no sé si sería capaz de ser tan bueno como tú.

—¿Ah no? Pues no te he visto decirle a ella que era la peor cuñada con la que te podías haber encontrado.

Pilar sonrió con amargura.

—Es que, ¡parece tan vulnerable! No tiene nada que ver con la mujer segura de sí misma y arrogante que me destrozó la vida.

Jaime negó con la cabeza mientras le quitaba a su hermana un mechón de pelo de delante de la cara y se lo recogía con cariño detrás de la oreja.

—No te destrozó la vida, en realidad te hizo un favor. Gracias a ella no te casaste con ese merluzo. Mi querida esposa te ayudó a conocerle mejor y al liarse con él te demostró que Enrique no era quien creías.

Los dos hermanos se abrazaron.

—Realmente podían haberse liado cuando ya nos hubiésemos casado para que fuéramos los dos cornudos, no solo tú.

Jaime rio con amargura.

—Con uno en la familia es suficiente.

Pilar se echó para atrás para mirarle.

—Sabes que no quería decir eso.

—Lo sé, pero es la verdad. Y, por algún extraño motivo, la mujer que nos ha devuelto el accidente no parece tener la culpa de nada de lo que hizo la anterior.

—No quiero que te vuelva a hacer sufrir —le dijo ella, con semblante preocupado.

—No, yo tampoco. Pero no sé cómo mantenerme alejado de ella. Me siento responsable. Y aunque la deteste, al fin, voy a seguir haciendo honor a los votos que hice y cuidaré de ella.

—Estate alerta, hermanito. No te pongas a tiro de su maldad. No bajes la guardia.

—No la bajaré. Descuida —le aseguró mientras le depositaba un ausente beso en la melena.

Capítulo 8

Marta se encontraba fatal. Una náusea y un sudor pegajoso le hicieron marearse.

Ella había sido una persona horrible. ¡Horrible!

¿Cómo esta gente podía seguir recibiéndola amablemente bajo el mismo techo? ¿Cómo podía su marido haberle cuidado el sueño en el hospital, sabiendo todo lo que sabía de ella?

Con piernas temblorosas subió por las escaleras hacia su habitación. Necesitaba acostarse.

Había entrado desde el porche con el ánimo de preguntar algunas cosas más a su marido, cuando había escuchado, sin querer, la conversación entre los dos hermanos.

Ella, ya casada, ¿cómo se iba a haber casado Jaime con ella si no?, ¿se había liado con el novio de su cuñada? ¡Por el amor de Dios! ¿Qué tipo de fulana de telenovela era ella? ¿En serio? ¿Y por qué no era suficiente Jaime para ella? ¿Qué había sucedido entre los dos y cuándo?

Agotada y asqueada de sí misma, se tumbó sobre la cama, sin fuerzas de retirar la colcha y sin quitarse los zapatos.

Tumbada sobre la almohada sintió cómo las lágrimas salían de sus ojos.

Oyó en la planta baja a su suegra llamarla suavemente y a su cuñada decir que se iban.

Debieron acordar no molestarla, porque no las oyó más, hasta que percibió a su marido cerrar la puerta de entrada, seguramente una vez que las hubiera acompañado fuera, y subir despacio las escaleras.

Sintió que se detenía ante su puerta y cómo el pomo giraba suavemente.

La miró desde el umbral.

—Pensé que igual dormías.

Marta se sorbió la nariz sin fuerza para incorporarse.

—¿Qué ocurre cariño?

—¡No me llames cariño! —tuvo ganas de chillarle, sin embargo su voz sonó amortiguada por el llanto contenido—. Ni siquiera me quieres.

En pocos segundos, Jaime se dio cuenta de su estado de ánimo y con paso rápido se acercó a la cama, se sentó y cogiéndola entre sus brazos la sentó en su regazo.

—¡Ea!, no estés triste. ¡Claro que te quiero! ¡Eres mi esposa!

—¡Una esposa infiel! —Y sin poder soportarlo ya, comenzó a sollozar ruidosamente.

—No debería haberte dado el móvil, ¿verdad?

Marta se sorbió ruidosamente y con voz áspera dijo:

—Y no solo lo del móvil.

—¿Nos has escuchado abajo?

—No ha sido aposta —murmuró sin mirarle mientras se limpiaba la nariz con la sábana—. He entrado para estar con vosotros y os he escuchado a tu hermana y a ti.

—Bueno. No lo pienses ahora.

—¿Cómo no lo voy a pensar? ¡Soy una persona horrible y ni siquiera me acuerdo!

—Pues mejor si no te acuerdas —le dijo él mientras sacaba un pañuelo del bolsillo de su bléiser y le limpiaba la cara como si se tratara de una niña—. La pérdida de memoria tiene cosas malas, y esta buena.

—¿El qué?

—Que no te acuerdas de lo malo. Así es como si no lo hubieras hecho.

—Pero lo hice. —No se atrevió a ahondar, a pronunciarlo en voz alta. Le parecía que decirlo era como reconocerlo. Y ella no podía reconocer algo que no recordaba. Suspiró temblorosa.

—Bueno, bueno, pero eso ya pasó. No conviene que te preocupes. ¿Quieres que te traigan un vaso de leche caliente y te tomas una de esas pastillas que te dio la doctora para cuando necesites descansar sin pensar en nada?

—Creo que sí, Jaime —admitió como pidiendo perdón—. No tengo fuerzas para afrontar esto ahora. —Por fin, se atrevió a mirarle y a decir—: Lo siento todo mucho.

Jaime la miró, sopesando su sinceridad. Asintió al fin.

—No tiene sentido preocuparse ahora.

No, no lo tenía en verdad, se dijo para sí Marta, pero ¿cómo no se iba a preocupar si, aunque no se acordaba, sabía que había sido ella?

Capítulo 9

Marta decidió bajar a desayunar tras permanecer despierta desde las cinco de la mañana, sola en su cama, pensando en su vida y sin conseguir dormir a pesar de que solo quería el olvido que proporcionaba el sueño. No podía hacer nada para arreglar el mal que había hecho. Ni siquiera sabía por completo todo lo que había hecho. Le dolía muchísimo la cabeza y, sin embargo, seguía sin acordarse de nada anterior al accidente.

Ahora mismo, tal y como estaban las cosas, solo podía seguir adelante con su día a día, hacer lo posible por tratar de la mejor forma a Jaime, a su cuñada y a su suegra.

Deseaba, al igual que temía, recobrar la memoria. Sabía que no le iba a gustar lo que iba a descubrir. Pero en las largas horas de insomnio desde que llevaba despierta, había decidido asumir y mirar hacia adelante.

No podía cambiar el pasado y no podía reparar lo que había hecho, no solo porque no lo sabía, sino porque aun cuando lo fuese descubriendo, no se sentía identificada con ello, ni sabía por qué lo había hecho.

Una parte educada de su ser le solicitaba pedir perdón a su cuñada. Pero, por otra parte mucho más fuerte, se sentía incapaz de pedir perdón cuando no era sincero, ya que no comprendía el porqué. ¿Qué motivaciones había podido tener para hacerlo? No conseguía entenderse, y aquello le producía una gran inquietud.

Así que se había levantado al fin, decidida a empezar desde cero.

Con unos vaqueros inmaculados de Escada, un jersey de cachemir y su cabello recogido en una simple cola de caballo, se dirigió a la cocina. Su marido, vestido de traje, leía los diarios en un iPad mientras sorbía sin ruido su café.

—¡Buenos días! —dijo Marta, animosa, resuelta a no decaer. Y, sabiendo que a su marido le sorprendería, pero sin importarle, le dio un beso en la mejilla y se sentó frente a él.

Sin que supiera de dónde había aparecido, le colocaron un servicio completo y llenaron la mesa de jamón serrano cortado, queso fresco, aceite de oliva, pechuga de pavo en lonchas, croissants chiquitines con y sin chocolate, tostadas, café y leche.

Al oler el café, Marta decidió que no lo tomaría.

—¿Me gusta el café? ¿Suelo desayunarlo?

—De hecho, es lo único que solías tomar por las mañanas. Necesitabas el café como si fuera el aire que respirabas. Graciela ha dispuesto que te presenten todo esto para ver qué es lo que quieres a partir de ahora. Ya estos días en la comida se están dando cuenta de que tienes... otros hábitos alimenticios a los anteriores.

—¡Ah! —se quedó rumiando las palabras de su marido unos segundos. Y al final, desistió de tratar de entender—. ¿A qué te refieres?

—Bueno, antes jamás comías carne y ayer repetiste solomillo.

—¡Estaba buenísimo!

—Y me parece estupendo. —Jaime sonrió, complacido—. Pero no probaste la lubina que habían preparado especialmente para ti.

—¿La lubina era solo para mí?

Su marido se encogió de hombros.

—En cocina estaban siguiendo lo que hacían habitualmente contigo. Pero hoy han decidido cambiar y ampliar oferta. Hasta que te sientes con Graciela y decidas qué plan de dietas y menús quieres hacer, seguirán... —elevó las cejas varias veces— tentándote.

Había conseguido que la cara de su mujer, con la frente fruncida, se animara, así que añadió:

—Sin agobios. No hace falta que sea hoy ni mañana. Se apañan realmente bien sin ti. Esta es una casa con un engranaje bien engrasado. —Le guiñó el ojo.

—Bien. —Y con hambre que no sentía desde que salió del hospital, decidió empezar por lo salado y se hizo una tostada con tomate rallado, aceite de oliva, queso fresco y pavo.

Jaime la miró sonriendo.

—¿Qué quieres de beber?

—¿Sabes lo que de verdad, de verdad, me tomaría ahora mismo? —le dijo por lo bajinis y mirando solapadamente hacia la puerta de la cocina.

Jaime acercó con aire conspirador su cabeza a la de ella:

—¿Qué?

—Una coca-cola cero.

Antes de que ella pudiera hacer nada por evitarlo, Jaime ya había tocado el timbre insonoro y apareció de nuevo el mozo de mesa.

—Una coca-cola cero para la señora.

Asintió sin decir nada y la trajo antes de que Marta se pudiera quejar.

—No quería que les llamaras —le regañó.

—Les pago para eso. Para que nos sirvan. ¿Por qué no les iba a llamar?

Marta se le quedó mirando.

—A lo mejor no estoy acostumbrada y me da vergüenza.

—Pues quítate la vergüenza y piensa que, sin ti, toda esta gente no tendría un sueldo. Haz que se lo ganen y pídeles que te hagan todo lo que necesites. Tú estás convaleciente todavía —y dando el tema por zanjado, le preguntó—: ¿Qué vas a hacer hoy?

—Había pensado dar un paseo por el barrio para familiarizarme con la zona. ¿Qué vas a hacer tú?

—Tengo que ir al trabajo. Solo serán unas horas. Si me esperas, te acompaño al paseo por la tarde, después de comer. Preferiría que no salieras sola. No todavía —añadió en un tono plano que escondía casi una orden.

—Está bien. No saldré hasta que vengas. —Consintió ella, comprendiendo que lo hacía por temor—. Investigaré por la casa. Quizá recuerde cosas.

Levantándose al fin, Jaime cogió su móvil y unas llaves y le dio también a ella un beso en la frente.

—Bien, así quedamos. Si necesitas algo, tienes mi número en tu móvil. ¿Dónde está tu móvil?

—En mi cuarto.

Recordando que antes no se separaba de él, le produjo una satisfacción enorme ver que la nueva Marta no tenía, de momento, tal atadura.

—Si necesitas cualquier cosa, cualquier urgencia, Graciela también sabe dónde encontrarme.

—No te preocupes. Aquí estaré fenomenal.

Cuando Jaime salió, Marta perdió algo el apetito, pero decidió que era una pena no tomar ni uno solo de aquellos pequeños croissants.

En cuanto se lo metió en la boca se olvidó de sus penas. «Qué barbaridad», pensó entusiasmada.

Como justo en aquel momento entró Graciela no pudo por menos que comentar en voz alta.

—¡Por el amor de Dios, Graciela! ¡Qué cruasanes tan ricos! ¿De dónde son?

—Son los manolitos, señora. Los preferidos del señor. De Manolo Bakes.

—Son maravillosos —dijo, sin poder evitar coger otro.

—Me alegro de que le guste señora. —Y, por primera vez, vio en la mujer una sonrisa natural.

—Dígame, Graciela, si tengo que hacer algo que yo no me acuerde.

—En absoluto, señora. Ya nos ha explicado el señor. Estoy a su disposición para lo que quiera. Mientras tanto, seguiré haciendo las cosas como las hacíamos antes. Todo lo que quiera cambiar, o que ya no le guste, no tiene más que decirlo.

—Muchas gracias.

—Al contrario, señora, gracias a usted.

Hasta ahí Mrs. Danvers, pensó sonriendo para sí y dando gracias interiormente por la cantidad de personas a su alrededor que le hacían la vida agradable.

—Voy a echar un vistazo a los libros de la biblioteca. Ayer me enseñó el señor la estancia. Está frente al salón, ¿verdad?

—Así es. En todas las habitaciones hay timbre para localizarnos, si quisiera cualquier cosa.

—Gracias.

Se levantó de la opípara mesa lamentando abandonar los manolitos y se dirigió hacia la biblioteca que ya le había enseñado Jaime a su llegada.

La estancia, con una pared entera de cristal, daba a un pequeño patio interior que colindaba con la fachada de un edificio de pisos y donde lucían, alrededor de una mesa redonda de hierro forjado blanco, geranios de vistosos colores. Las otras tres paredes estaban cubiertas de libros del suelo al techo.

Marta paseó su vista con deleite. Había antiguas ediciones de libros entre los que descubrió de Derecho, de Arquitectura y Pintura, religiosos, *El Quijote*, *El Escándalo*... Había ejemplares en inglés de Shakespeare, Dickens, lord Byron. Se dio cuenta de que no le eran desconocidos y que le parecía que había leído algunos. Se adelantó hacia una estantería con ediciones modernas y volvió a reconocer autores y títulos: desde John Grisham, Stephen King, Lorenzo Silva, Juan Gómez Jurado o Daphne Du Marier —con la *Rebeca* donde ella recordó, por fin, que aparecía Mrs. Danvers—, hasta Margaret Mitchell y *Lo que el viento se llevó*, o Rosamunde Pilcher con *Nieve en abril*...

El corazón comenzó a trotarle cuando siguió leyendo de un lado a otro: *El sí de las niñas*, *Hamlet*, los Hermanos Álvarez Quintero, Javier Marías, Scott Fitgerald.

Ella había leído muchos de aquellos autores. Recordaba de qué trataban sus obras, algunos más vagamente que otros. Sabía que unos eran claramente femeninos, otros de suspense, otros clásicos...

Emocionada, siguió recorriendo títulos con el dedo tembloroso, hasta que se dio cuenta de que había un armario entre dos de las columnas de libros. Curiosa lo abrió y se encontró con una colección entera de DVD. La serie de *Friends*. ¡Sabía quiénes eran Rachel y Joey y Chandler y Ross! Reconoció películas de superhéroes como Spiderman y Hulk y recordó que la de Michael Keaton y Kim Bassinger era sin duda la mejor versión de Batman. Vio clásicos en blanco y negro que le trajeron imágenes al instante. Su idolatrada Gene Tierney, en *Laura* o en *Que el cielo la juzgue,* de esta última había leído también la novela, de Ben Ames Williams, ¡sí, se acordaba! Otra vez *Rebeca*, esta vez con Joan Fontaine y de la mano de Hitchcock y más Hitchcock, y *Luz de gas* con Ingrid Bergman, y más de Joseph Cotten y Cary Grant y Gary Cooper. Sabía que había llorado horriblemente con *El orgullo de los yankees* y con *Lovestory*. Estaba tan emocionada, que no se daba cuenta de lo alterado que estaba su corazón. Ella se acordaba, por primera vez desde que salió del hospital, de todas aquellas obras. ¡Esta era su casa, sí! Tenía que serlo porque todo esto lo había visto y leído. Y aunque no estaba segura de con quién, sí tenía la sensación de haber visto algunas de ellas con un hombre al que quería. ¡No podía ser más que Jaime!

Buscó el televisor en la estancia y descubrió que estaba escondido en otro mueble frente al sofá y supo encenderlo sin problemas, igual que había sabido manejar su móvil. Su cuerpo, para las cosas del día a día, parecía tener la memoria intacta e intuitiva.

Metió el DVD de *Algunos hombres buenos* y avanzó hasta el juicio de Jack Nicholson.

—Jodida gente —dijo en voz alta dos segundos antes de que el propio coronel lo dijera en el estrado—. ¿Ordenó usted el código rojo?

Con nerviosa celeridad, lo sacó e introdujo el de *La vida es bella*.

—¡Buenos días, princesa! —chilló entre sollozos de alegría con el joven protagonista del drama.

¡Ella lo sabía! Sabía que el niño saludaría a su madre como ya lo hacía su padre.

Las lágrimas le caían por la cara mientras sacaba el DVD e introducía otro.

Se sentía ansiosa y feliz mientras seguía mirando películas, series, lecturas. ¿Cómo podía acordarse tan perfectamente de todo aquello y nada de su vida real?

Capítulo 10

Jaime volvió a casa antes de lo esperado. Desde que Marta había tenido el accidente había ido poco al despacho, delegando casi todas sus funciones, y aquella mañana, en cuanto había resuelto algo que solo él podía hacer, no había resistido las ganas de volver. Se sentía mal por haber dejado a su mujer sola en casa. Le daba tranquilidad estar con ella bajo el mismo techo, aunque él se fuera a trabajar a su cuarto.

No esperaba encontrársela en tal estado de emoción. Se asustó cuando, al dirigirse a la biblioteca, oyó el sorbeteo de nariz y, al traspasar el umbral, la vio hecha un mar de lágrimas delante del televisor pasando una película a velocidad rápida.

—¿Qué ocurre, cariño? —le preguntó escamado.

—¡Oh! ¡Jaime! ¡Jaime! —Se levantó tan completamente desquiciada que su marido se temió lo peor. ¿Qué había podido suceder?

—¿Qué te ocurre, cielo?

—Yo conozco todo esto.

—¿Todo esto?

Ella le agarró de la mano con la suya pequeña, temblorosa y húmeda.

—Mira: la he visto ¡y esta! ¡y esta! ¡y esta! Esta me encanta. Esta es mi preferida. ¡Y los libros! —Volvió a agarrarle y le llevó a la estantería con los clásicos—. Yo sé que he leído esto y he estado en el teatro viendo *Las de Caín* y *La venganza de Don Mendo*. ¡Lo sé! —afirmó rotunda como si pensara que él no la creía—. ¡Oh, Jaime! Sé canciones de ópera. Me sé *Carmen* y los *Carmina Burana*, reconozco a Plácido Domingo, a Pavarotti y a José Carreras. Bethoveen, la *Novena sinfonía* con el *Himno de la alegría...* y *La Boheme...* ¡He estado en la ópera, lo sé! —Y se tocó el pecho con el puño cerrado como si lo sintiera ahí físicamente.

La mirada que tenía era completamente lunática, mientras sonreía y lloraba a la vez.

—Marta, cariño. Eso es maravilloso —acertó a decir su marido mientras la separaba de las estanterías y la sentaba en el sofá—. Pero tienes que tranquilizarte.

—¿Tranquilizarme? ¡No lo entiendes, Jaime! ¡He recordado! Por primera vez he recordado algo más allá de los plataneros de Madrid.

—¿Los qué?

—Los árboles, tonto. Los árboles de las calles por las que vinimos del hospital. De alguna manera yo sabía que eran plataneros, pero no me acordaba de nada más. Y ahora. ¡Oh, Dios mío! Me acuerdo de tantas cosas. Me acuerdo de todo esto, Jaime. Pregúntame lo que quieras. Pregúntame quién es el asesino en —se giró hacia donde había una pila de DVD que había hecho ella en su descubrimiento —*El coleccionista de amantes*. Es el policía, uno de los investigadores. Carey Elwis que,

¿sabes quién es? Es el actor de *La princesa prometida*. «Hola. Soy Iñigo Montoya, tú mataste a mi padre, prepárate a morir» —recitó como una niña ante un auditorio—y Robin Wright hacía una serie que se llamaba *Santa Bárbara*. ¡Oh, Jaime!

Entonces, encontrando sus brazos abiertos para ella, se inclinó sobre él y comenzó a llorar copiosa y ruidosamente.

Jaime la abrazó, temeroso de que la joven estuviera padeciendo algún tipo de *shock*.

—Voy a llamar a la doctora. ¿Te parece?

—Lo que quieras. Pero es que estoy tan contenta, tan contenta.

—Me alegro, cariño. Me alegro mucho.

—¡Oh! Ya sé que sigo sin saber nada de mí, ni dónde las vi, ni con quién. Pero ¡oh Jaime!, estoy tan contenta de sentirme familiar con algo, que creo que me las voy a ver todas y a releer.

Jaime se permitió una sonrisa y le dio un beso en la punta de la nariz.

—Veamos qué dice la doctora. Me preocupa que estés tan alterada.

—Lo sé, lo sé. Me he puesto muy nerviosa, pero es que es como haber salido de una nube gris. Verás. He recuperado la consciencia en un hospital que no reconocía, con un marido que, no te ofendas —le pidió, sujetándole la cabeza con las dos manos—, no reconozco, vengo a una casa que no identifico y donde todo el mundo sabe todo de mí, menos yo. Y, además, lo que voy sabiendo de mí, no me gusta. Y ahora, ellos —señaló a los libros y las películas— me han recibido como viejos amigos, con los brazos abiertos, recordándome que soy... que soy...

—¿Buena lectora? —le ayudó Jaime bromeando.

Marta sonrió también, agradecida, y sorbiendo por última vez.

—Sí, algo así.

La doctora se presentó antes de media hora desde que la llamaron. Obligó a Marta a tumbarse en el sofá para poder examinarla mientras le iluminaba las pupilas, le tomaba la tensión y recomendaba un calmante.

—No necesito nada, de verdad. Es verdad que me he emocionado un poco —reconoció Marta—. Pero ha sido tan estupendo sentir algo familiar. Y detrás de un libro, reconocía a otro y luego otro y las películas...

—Eso está muy bien, Marta, pero es necesario que te tranquilices. No quiero echarte un jarro de agua fría, pero no ha cambiado nada de lo que ya sabíamos sobre el estado de tu mente ahora mismo.

—¿Qué quiere decir?

—Desde que despertaste, reconoces perfectamente los modos de vida. Sabes hablar, andar, ducharte, vestirte, leer, escribir. Reconocer las películas y libros con los que te has criado no ha abierto ninguna fisura sobre la verdad de tu vida que todavía mantienes a la sombra.

Marta la miró tratando de entender adónde quería llegar la doctora con aquello.

—¿Se refiere a que no reconozco a mi marido, ni al perro, ni la casa donde vivo?

La doctora asintió.

—Estamos tratando de discernir si la pérdida de memoria que acusas está relacionada con el tiempo (que hayas olvidado unos años concretos de tu vida, los últimos diez por ejemplo) o con el contenido.

—¿Con el contenido? —preguntó Jaime, que no perdía explicación.

—No sabemos todavía si la mente de Marta ha hecho una pérdida de memoria selectiva o si ha sido realmente por el golpe. No sabemos si no recuerda porque no quiere enfrentarse al horror de aquel día y ha seleccionado de qué se acuerda y de qué no, o el golpe ha afectado a parte de su cerebro que guarda los recuerdos de un tipo concreto, relacionados con su vida. El hecho de que recuerde lecturas, películas, matemáticas o biología, sigue tratándose de contenido no relacionado con su vida personal. No nos ayuda a decidir todavía qué tipo de daño cerebral tiene. No obstante, me alegro de que me hayáis llamado. —Y mirando a Marta añadió—: Lo estás haciendo muy bien. No te pongas triste. Llevas muy poco tiempo despierta. Verás cómo, poco a poco, vas recordando más cosas.

Cuando se fue la doctora, la cara de Marta era un poema.

—Es una especialista en chafar. —Se quejó ante su marido que la miraba todavía preocupado.

Él negó con la cabeza.

—Es una especialista, de las mejores de España, y ha hecho bien en calmarte. Te has puesto supernerviosa y me has preocupado.

Alargó un brazo hacia la pila de libros que, en su emoción, Marta había ido formando.

—¿Así que has leído a Umberto Eco?

—*El nombre de la rosa*, sí. Y he visto la película, con Sean Connery.

—No sabía que fueras una gran lectora, la verdad.

—¿Ah, no?

Jaime no recordaba haber visto a su mujer con un libro, ni viendo una película. No le gustaba ir al cine y jamás miraba otra cosa que no fuera la pantalla de su móvil.

—Ni que te gustara el cine.

—¿De quién son todos los libros y todas las pelis?

—Todo lo de esta casa es tanto tuyo como mío, cielo.

—No, no me refiero a eso. ¿Quién los compró? ¿Son de después de habernos casado? ¿Cada uno trajo los suyos de su casa?

—No. Son míos todos.

—¿No hay ninguno mío? —gimió angustiada.

—Acabo de decirte, cielo, que todo lo que hay es tuyo. Pero si preguntas cómo llegaron aquí, los compré yo a lo largo de mi vida.

—Sin embargo, hay libros femeninos. He visto a Danielle Stelle por ahí y alguno de Nora Roberts, de Barbara Wood, de Georgette Heyer...

Jaime asintió.

—Pilar me trajo los suyos después de... —carraspeó pensando qué decir—, me los trajo.

Marta no quiso indagar, pensando acertadamente que igual se los había traído de la casa que había creado para casarse... Ahora no tenía tiempo de afrontar aquello.

—No estoy segura de haber leído todo, todo, pero sí que reconozco títulos, autores y argumentos. Ya sé que no me tengo por qué emocionar, pero no he podido evitarlo. Ha sido como encontrarse con alguien conocido después de tantas caras. ¿No era Unamuno el que decía que para los lectores, los protagonistas de las obras están en nuestra cabeza de la misma manera que lo están los personajes históricos sobre los que hemos estudiado y, a pesar de que unos han sido reales y otros no, en nuestra cabeza los conservamos igual? Pues creo que me ha pasado algo así.

—Bueno, ¿y de verdad no quieres que te dé algo para que te relajes?

—¡No! ¡Estoy feliz! Ya sé que he llorado, pero ha sido de alegría y ya sé que me he alterado, pero no soy una debilucha que no pueda afrontar lo que me pasa.

—Está bien. Está bien. —Consintió al fin, viendo que se alteraba de nuevo por el enfado. Decidiendo que le sentaría bien seguir un rato más en el sofá, le preguntó—: ¿Cuál te apetece ver de nuevo?

Los ojos se le abrieron de placer.

—¿En serio? ¿Te puedes permitir ponerte a ver una peli ahora?

—Soy el jefe. Me he ganado el derecho a hacer lo que quiera.

—Bien, pues ya que vamos a hacerlo, hagámoslo a lo grande, con una de larga duración. ¿Te apetece ver *Gladiator*, o *el Patriota*, o...?

Finalmente vieron *Gigante* y Jaime no pudo por menos que reírse cada vez que Marta se adelantaba a la película sabiéndose algunas de las frases de Elizabeth Taylor o James Dean. Juntos en el sofá, ligeramente repantigados el uno en el otro, estuvieron súper a gusto, tanto que solicitaron que les sirvieran allí mismo la comida y Graciela se superó poniendo, sin interrumpirlos, un menú de cine en la mesa de centro con hamburguesa, patatas fritas, coca colas y helado que pudieron tomar sin moverse.

—¡Menudo planazo! —dijo Marta cuando terminaron.

Jaime no tuvo más remedio que asentir. Había sido una velada casera y tranquila como las que le gustaban a él y que, sin embargo, jamás recordaba haber hecho antes con Marta.

Capítulo 11

Marta le cogió el gusto a despertarse en la que ya reconocía como su habitación. No bajaba las persianas durante la noche, encontrando consuelo en la penumbra que quedaba por la luz de la luna o del reflejo de las farolas en la calle. Tras ponerse su bata, de suave terciopelo, larga hasta el suelo y en color burdeos, abría las puertas acristaladas que daban a su terraza. Le encantaba asomarse allí cada mañana. Veía un trozo del jardín desde allí y alguna vez al perro corriendo de un lado a otro, o al casero dándole de comer. No parecía echar de menos no estar dentro de la casa, aunque a Marta sí que le gustaría tenerlo con ella. Se encogió de hombros. Luego saldría a saludarle y le llevaría una lonchita de jamón que había comenzado a coger diariamente a escondidas del desayuno.

Generalmente, las persianas de Jaime también estaban subidas cuando ella salía a la terraza. Ignoraba a qué hora solía levantarse él, pero su cama solía estar ya hecha cuando atisbaba discretamente y Jaime había bajado a desayunar o incluso se había marchado al trabajo.

Aquella mañana estaba todavía por su cuarto.

Se le cortó la respiración cuando le vio salir, indudablemente de la ducha, con tan solo una toalla a la cintura.

No se había dado cuenta de que tuviera un torso tan increíble y musculado. Tenía unos hombros enormes que había confundido, cuando estaba vestido, con hombreras de los trajes y blazers que solía llevar. Y cuando le vio girarse a coger algo de la cama, pudo apreciar perfectas las famosas tabletas. Le recordó a los actores que ahora eran ya tan familiares para ella. Tenía cuerpo y rostro de actor norteamericano. Y tan absorta estaba, que perdió su prudencia habitual, y se encontró con que Jaime la pilló observándole.

Aunque se quedó parado frente a su cama cuando se dio cuenta de que estaba ella, se recobró enseguida y la saludó alzando la mano. Cogió algo del cajón del sifonier y desapareció de nuevo de vuelta al baño.

Marta se ruborizó, avergonzada de que le hubiera encontrado mirándole.

Se fue a duchar, pensando en darle alguna excusa cuando se encontraran en la mesa de desayuno. Quizá podía comentar que se había quedado absorta, pensando en otra cosa, que no le había visto, O mejor, decidió mientras el agua caliente le resbalaba por el cuerpo, sería dejarlo pasar.

Se envolvió en una toalla sujetándosela alrededor de los pechos y salió hacia su vestidor cuando se encontró a su marido apoyado contra uno de los armarios, un pie cruzado sobre el otro, inmaculadamente vestido con un blazer de pata de gallo de diferentes marrones, unos pantalones caquis y una camisa blanca.

Sintió que se ruborizaba y se sujetó con fuerza la toalla.

Jaime sonrió al mirarla.

—Antes tú, ahora yo. Pero no he venido por venganza —dijo, mientras subía y bajaba las cejas de forma guasona—. Ha venido mi primo Nacho, ¿te acuerdas de él?

—No. ¿Debería? —malpensó que era otro de sus antiguos amantes y le entró la tristeza.

—No, supongo que no. Es comisario de la Policía Nacional. Se está encargando de tu caso.

—¿Mi caso?

—Te lo comenté al principio. —Se encogió de hombros—. Están estudiando, porque parece que pudo haber algo más que un simple accidente de coche.

—¿Algo más? ¿Qué quiere decir eso?

—Han encontrado pruebas de que el coche fue alterado para que hubiera un accidente.

—¡Oh, Dios mío! El coche era mío, ¿no? Aunque iba el otro hombre conduciendo, ¿no? Elías Jordá, ¿verdad? ¿Alguien intentó matarle?

—O mataros —se atrevió a aventurar Jaime.

—¿A mí también? —El rostro de Marta, que había salido sonrosado del calor de la ducha, se puso blanco como la puerta del armario.

—Ahora estás a salvo, Marta. —Jaime se acercó y la cogió de los hombros tratando de tranquilizarla—. Pero no queremos descartar nada. Vístete, ¿quieres? Y bajas con nosotros. Yo he subido para avisarte. Nacho está de nuestro lado.

Marta asintió.

Tan rápida como pudo, cogió ropa interior limpia y una de las miles de camisas que colgaban de su armario y se puso los mismos vaqueros que llevaba usando todos los días, pero que eran la prenda con la que más cómoda se sentía.

Toda la ropa que había allí, casi tanta como en una tienda, le parecía que no era de ella, por no hablar de los zapatos. No se sentía inclinada hacia el estilo tan sofisticado que predominaba en el armario. Le gustaba llevar unos tenis que había encontrado prácticamente sin usar y ropa cómoda.

Bajó algo insegura hacia el salón del que salían las voces masculinas.

—¡Marta! ¡Qué alegría verte tan bien!

Nacho, con la familiaridad que le daba el conocerla, se inclinó desde su larga altura para darle dos besos y acariciarle, cariñoso, la espalda.

—Siéntate cielo. —Le animó Jaime al ver que se quedaba mirando a aquel hombre tan alto, al que veía por primera vez, sin saber qué decir.

Se sentó al lado de su marido, en el sofá, mientras su visitante volvía a dejarse caer en la butaca orejera.

—Nacho me estaba confirmando que alguien manipuló el coche para que los frenos no funcionaran. De ahí que en la carretera, Elías no pudiera evitar la caída libre que os desvió hacia el barranco y solo el que tú salieras despedida del coche impidió que murieras en el incendio y la explosión del vehículo que siguieron.

Marta asintió.

—¿No llevaba puesto el cinturón de seguridad?

—Probablemente no. Y, aunque es completamente desaconsejable no hacerlo, creemos que es lo que te despidió del coche y te salvó la vida al dejarte en la cuneta y evitar que siguieras el mismo desenlace que tu compañero. ¿Sigues sin acordarte de nada, verdad?

Marta se fijó en que Nacho había dejado una carpeta sobre la mesa.

—Por casualidad, ¿llevas ahí fotos del coche o del hombre que conducía?

Nacho se las mostró enseguida.

Marta miró fijamente al hombre con el que casi se muere y con el que había perdido la memoria.

—Creo que me suena la cara de él. Es el mismo con el que he soñado.

—¿Has soñado? —preguntó Jaime, y la molestia se traslucía en sus palabras.

Marta se ruborizó al recordar.

—En realidad, se podría decir que son pesadillas.

Nacho la miró interesado.

—¿La has tenido más de una vez?

—Alguna que otra noche, sí.

—Es aquella que me comentaste, ¿no? —Jaime seguía molesto.

Marta asintió:

—No sabía que se trataba de alguien real.

—No te preocupes. Pero sí me puedes decir qué es lo que has soñado.

—Pues... es extraño. Sé que está lloviendo y hay tormenta, aunque yo estoy a cubierto. A oscuras. Veo los relámpagos rompiendo la noche. Estoy escondida.

Nacho la interrumpió:

—La noche de tu accidente hubo tormenta...

—¿Crees que no es un sueño y que podría ser un recuerdo? —se interesó Marta.

—No lo sé. ¿Se lo habéis comentado a la médico?

Jaime negó.

—Me estoy enterando hoy de este sueño.

Marta volvió a enrojecer.

—Yo no sabía que era real. Tampoco lo sabemos ahora.

—Bien. ¿Qué más sucede en tu sueño? —Nacho decidió que dejaría las molestias del matrimonio para ellos.

—Pues, alguien chilla. Un hombre y una mujer. Están discutiendo. Y, aunque yo estoy escondida, sé que la mujer que discute soy yo. El hombre la está chillando. No entiendo mucho de lo que dice. Algo sobre un hijo. Que yo maté a su hijo. Me echa en cara que soy una asesina.

Miró a los dos hombres, escrutadora.

—No maté a nadie que vosotros sepáis, ¿verdad? Antes del accidente, me refiero —aclaró, tragando saliva.

Jaime y Nacho se miraron.

—Sigue, por favor.

—Bien. De repente, alguien me cubre la mano con la boca porque yo estoy asustada y a punto de chillar y, cuando le miro, es este hombre de la foto. Me hace la señal de silencio con la mano y niega con la cabeza y me señala la dirección opuesta donde estoy yo, que no soy yo, con ese hombre chillándome.

—¿Cómo es el hombre que te chilla?

—Es mayor. Tiene el pelo cano, peinado hacia un lado. Es alto. O a mí me lo parece. Va vestido con un traje de chaqueta gris y lleva en la mano un sombrero empapado por la lluvia y guantes. Tengo miedo de él. En el sueño, él me da mucho miedo. Y al hombre que me tapa la boca, yo no le conozco. Estoy segura de que no conozco a ninguno de los dos. Solo soy consciente de que estoy en peligro. —Se encogió de hombros mientras un estremecimiento le recorría.

—Bien.

Los dos hombres se miraron.

—Quizá podamos enseñar a Marta fotos de gente de vuestro círculo con el pelo cano... —sugirió Nacho mirando a Jaime.

—No caigo en quién puede ser —asintió Jaime.

—Si es que es alguien en verdad... —apostilló Marta.

Jaime la miró.

—Parece que a Elías sí que lo recuerdas, aunque no sepas quién es. Quizá tu subconsciente identifique a alguien más.

Marta se encogió de hombros.

—Yo he echado un vistazo a las redes sociales. No he reconocido a nadie de los que estaban conmigo.

—Podemos probar con los álbumes de vuestras fiestas, Jaime. Siempre hacéis un álbum de fotos con los presentes —y al ocurrírsele de repente, preguntó—: ¿Os han invitado Cote y Juan a la cena del sábado?

—¿No pensarás que la voy a llevar allí? —preguntó asombrado Jaime.

Nacho le replicó, rápido:

—Creo que es una idea estupenda.

—No está preparada para enfrentarse a nadie. Se va a aturullar. ¡Por Dios! ¡Si no se acuerda ni de mí! —casi chilló enfrentándose a su primo.

—¡No sé si captas que han intentado matarla! —Nacho pareció enfurecido también—. Y que lo único que tenemos es a ella como testigo y no recuerda nada más que una pesadilla en la que no podemos identificar a uno de los dos actores, mientras que el otro es, curiosamente, la víctima.

—¡Me da igual! ¡Está a salvo aquí en casa y aquí se va a quedar!

—¿Hasta cuándo?

—¡Hasta que haga falta! —estalló Jaime con una indignación que él desconocía, fruto del temor a que Marta sufriera.

—No importa. Iré —interrumpió Marta, comprendiendo la necesidad que había, entendiendo la postura de Nacho y deseosa de que la memoria le fuera devuelta—. Tampoco hace falta que nos pasemos toda la noche. Podemos ir un ratín, ver a todo el mundo, asegurarme de que no reconozco a nadie más y, si está el hombre del pelo cano, hablar con él y ver qué pasa.

—No hace falta que lo hagas —le dijo, imperativo, Jaime.

—Ya lo sé. Pero quiero hacerlo. Me gustaría recobrar la memoria, la verdad.

—Bien. Pues que así sea —concedió su marido—. Quiero agentes tuyos infiltrados, me da igual si de camareros, de aparcacohes o de lo que sea, pero no quiero que estemos solos ahí. Si alguien intentó matarla una vez, podría intentarlo otra. Y no me gustaría que lo lograra.

Marta le sonrió agradecida y le puso su mano en el brazo.

—Gracias.

Jaime la miró, su cara era una pura sorpresa.

—¿Estás de broma? ¿No pensarás que dejaría que te tocaran un pelo de la cabeza?

Marta se emocionó.

—Pues la verdad es que no creo haber sido muy buena esposa. Así que me encanta que no quieras que me pase nada. —Y escondió la cabeza en su hombro avergonzada.

—Bien, os dejo. —Nacho sonrió, decidiendo que había visto suficiente y alegrándose por el matrimonio—. Nos vemos este viernes allí.

Capítulo 12

—Graciela, por favor, necesito que me diga qué me tengo que poner hoy para ir a la cena. ¿Muy arreglada? ¿Poco? ¿Qué solía ponerme antes?

—La señora tiene un gusto exquisito. Seguro que lo que elija estará bien.

«¡Por favor!», se dijo muy angustiada Marta. «¡Míreme!». La joven estaba frente a las puertas abiertas de los armarios de su inmenso vestidor en el que había todo tipo de prendas femeninas. «¡No sé ni cómo me llamo! ¡No me deje sola en esto!».

Algo debió de sentir Graciela, que cambió el tono:

—Según ha dicho el señor, la cena es con motivo de los veinticinco años de casados de los señores Bolet, así que la gente se arreglará porque es un día especial. Deberá ponerse uno de los vestidos. —Graciela le mostró un vestido blanco con lentejuelas y mangas anchas—. O un pantalón mono con una camisa de satén... —Y le mostró el género que había de esas características.

Marta fue tocando las prendas con dedos respetuosos. Algunas todavía tenían las etiquetas puestas.

—¿Yo he comprado todo esto?

Su asistente asintió con una sonrisa.

—Le encanta ir de compras. Es una de sus aficiones favoritas.

Los ojos de Marta se agrandaron al ver el precio de una túnica de Max Mara.

—¡Ay mi madre! ¿Más de seiscientos euros?

Graciela se permitió reír.

—No mire los precios si eso le va a poner nerviosa.

—¿Nerviosa? No puedo creer que yo comprara todo esto. ¡Qué gasto tan exorbitante! ¡No entiendo cómo puedo ser tan diferente ahora! Estoy realmente escandalizada.

Thor, al que Marta había conseguido ir colando a ratitos por la casa, lanzó un agudo ladrido de lamento al verla así y se acercó a lamerle la mano.

De manera automática, Marta le acarició y se sintió mejor.

—Vale. Me voy a tranquilizar. —Respiró hondo mientras seguía acariciando al perro.

—Ahora entiendo por qué hay tantos pelos de Thor por aquí últimamente.

—Ay, ¡lo siento! No había caído.

—No se preocupe. Se pasa el aspirador igual. Pero ahora lo entiendo. —Le sonrió comprensiva—. Y este sinvergüenza le hace muy buena compañía.

—Es que fuera está haciendo frío estas noches.

Graciela asintió, sonriendo.

—Bien. ¿Entonces la túnica de Max Mara y los pantalones negros de seda acampanados?

—Yo creo que sí. Aquí tiene alguna joya y bisutería, ¿lo recuerda? —le mostró un joyero vertical que se abrió tras el espejo y del que colgaban collares, pulseras e, incrustados en el terciopelo, brillaban pendientes y sortijas.

—¡Ohhh! ¡Qué maravilla!

—Esto sí le gusta, ¿no?

Marta sonrió:

—¡Me encanta la bisutería!

Graciela se abstuvo de decirle que alguna de aquellas piezas de bisutería valían más que alguna joya menor. En concreto, los pendientes que se estaba probando con una sonrisa ante el espejo, eran de Svarovski y un modelo único.

Después de una ducha de agua caliente que le sirvió para templar los nervios, Marta se arregló alternando entre la excitación y el miedo por lo que se iba a encontrar.

Probablemente, en la fiesta habría un hombre que había deseado su muerte hasta el punto de manipular un coche para conseguirlo.

Pero, además, se iba a encontrar con numerosas personas de las que no se acordaba en absoluto. ¿O recobraría de repente la memoria, allí delante de todos, y brindarían con champán con alegría?

Se encogió de hombros.

Pasara lo que pasara, necesitaba a Jaime a su lado. Era su marido, ¿no? Pues esperaba que no se separara de ella en toda la noche.

Cuando se decidió a bajar por fin la escalera donde ya estaba Jaime esperándola vestido con un traje de chaqueta azul y una corbata a rayas verdes y azules, Marta no pudo menos que pensar que iba a juego con su camisola verde.

—¡Vaya! Estás impresionante —le dijo cariñoso cuando ella llegó abajo.

—Tú también. —Él asintió, no creyéndolo, pero la verdad es que era un hombre guapísimo. Con su pelo rubio tirando a castaño repeinado a un lado, sus ojos azules y los fuertes rasgos de la cara, parecía un actor—. Jaime, estoy muy nerviosa.

—¡No lo estés! —No la dejó seguir él—. No lo estés. No hay nada por lo que estarlo.

Marta se rio. Si el nerviosismo se pudiera quitar solo con una orden.

—Lo intentaré, pero quería pedirte, por favor...

—¡Lo que quieras!

—Que no me dejes sola. No te separes de mí esta noche, por favor y arréglatelas para presentarme a la gente... ¿Querrás?

—Será un placer —y guiado por un impulso, la besó tiernamente en los labios—. No querría estar con nadie más —le aseguró al separarse de ella.

Capítulo 13

O llegaron algo tarde, o los demás habían sido muy puntuales, pues cuando traspasaron el umbral de la casa de los Bolet, un espléndido piso en Jorge Juan con vistas al Museo Arqueológico y a los jardines de Colón, la anfitriona, María José —pero a la que todos llamaban Cote—, se acercó la primera a saludarlos con un cariñoso abrazo.

—¡Qué alegría que hayáis podido venir! —Se quedó con las manos de Marta entre las suyas y la miró directamente a los ojos—. ¿Cómo te encuentras? Quiero que me hagas saber todo lo que necesitas para estar a gusto. Me hace mucha ilusión que estéis aquí. Ya sabes que Jaime es casi como mi primo y Juan lo adora. Como los dos se dedican a la arquitectura, les encanta verse y hemos estado muy preocupados por ti.

Marta le agradeció todo: el contacto físico, el ocular, lo directa que fue y que le situase.

—Gracias. Solo tu recibimiento ya ha calmado todos los nervios que traía.

A Marta, Juan le pareció un maravilloso sabio distraído. Hablaba lento, emanando calma, con muchísimo sentido común y su mirada no se separaba de su mujer. Marta sintió una punzada de envidia al ver cómo sus ojos la seguían con una sonrisa allí donde ella fuera. No había duda de que seguía enamorado tras los veinticinco años juntos.

La casa, enorme, estaba decorada con un gusto y originalidad exquisitos. Más tarde se enteró Marta de que muchos de los cuadros habían sido pintados por la propia anfitriona, que era una auténtica artista del pincel. Según le explicaron, el propio rey emérito había comprado una colección entera de acuarelas que Cote había creado sobre mujeres en diferentes *hobbies* y que habían hecho las delicias del anterior monarca.

La cena, con un sinfín de camareros pasando repletas bandejas de diminutos canapés y otras delicias, así como un par de copas de champán, consiguieron ir relajando a Marta a medida que, sin separarse de ella, Jaime le introducía a los que, al parecer, eran, sobre todo, amigos de él.

—¿No hay ninguna amiga mía aquí?

Jaime miró alrededor.

—La verdad es que no. Ya sabes que Cote es familia mía. Pero vamos, que tú siempre te has encontrado a gusto en cualquier ambiente.

Vislumbró a Nacho entre los asistentes. Con su altura era difícil que pasara desapercibido. No se acercó a saludarles, pero en una ocasión en que sus miradas se cruzaron, Nacho inclinó la cabeza a modo de saludo y Marta no pudo por menos que preguntarse si estaba molesto por tener que estar trabajando en una reunión familiar.

Entonces, se le fue el santo al cielo cuando justo le vio.

¡Era el hombre de su pesadilla! ¡El hombre mayor con el pelo cano peinado a un lado! Iba a comentárselo a Jaime, cuando recordó que le había dicho que iba un momento al baño. Le había dejado en compañía de dos sobrinas jovencitas, de unos veinte años, que hablaban de sus carreras y de lo que tenían que estudiar el fin de semana y a Marta le parecieron totalmente insuficientes para hacer frente al hombre que, la había visto, no había duda, porque se dirigía hacia ella con el semblante serio y tan desagradable como lo recordaba.

—¡Marta! —le cogió por los hombros en lo que de cara a la galería podría ser un gesto cariñoso, pero que Marta sintió como garras. Y dirigiéndose a las dos universitarias, les preguntó sin esperar respuesta—: ¿Nos disculpáis un momento?

Y llevando a una Marta que no supo negarse, casi a rastras, a una balconera, salieron a la terraza de la fría noche de Madrid.

—¿Qué es lo que pretendes? Y no me digas que no pretendes nada porque no te creo.

Marta le miró asustada, sin saber qué contestar. Rezó porque Jaime volviera pronto del baño y se diera cuenta de que no estaba en la sala o que Nacho la hubiera visto salir con aquel hombre.

—No sé qué quieres decir.

—Con lo de que has perdido la memoria. ¡No me lo creo! ¿Crees que puedes chantajearme? ¡Yo no soy mi hijo!

—¿Tu hijo?

—Sí. Yo no me voy a dejar manipular y chantajear como él. ¡Zorra! —La zarandeó—. Así que muestra ya tus cartas. Sea lo que sea lo que quieres de mí, no pienso caer. Y cometiste la atrocidad de deshacerte del bebé, de mi nieto, que era con lo único que podría haberme puesto a tus pies.

—¿Bebé? —Marta sintió que la terraza daba vueltas y los oídos le pulsaban a cada latido, impidiéndole escuchar nada más.

Sin embargo, el hombre, ajeno a su *shock*, siguió con su espantosa diatriba.

—Arderás en el infierno. Eres responsable de las muertes de mi hijo y de mi nieto. Me da asco pensar que algún día te toqué yo también. Y Elías también ha encontrado contigo la muerte. Eres una mantis religiosa, que devoras a cualquier hombre que se acerque a ti y lo destrozas, porque eso es lo que te da placer. Has sido como una lepra espantosa desde el momento en que entraste en nuestras vidas. Y el simplón de tu marido se merece el peor de los castigos, por mirar hacia otro lado.

Marta sentía que iba a vomitar.

—¿Y por eso me quisiste matar?

—Jamás pensé que Elías iría contigo en el coche. No sabía ni que estaba en la casa contigo. Creí que habías muerto cuando se me fue la mano con el golpe que te di y que todo lo que tenía que hacer era irme de allí y hacerme el idiota cuando te encontrasen.

—¡Oh, Dios mío!

—Pero de algún modo, Elías te encontró y, después de todo, solo estabas inconsciente. Y ahora ¿qué quieres de mí, zorra maldita?

En aquel momento Jaime entró en la terraza.

—¿Qué está ocurriendo aquí? ¿Qué le pasa a mi mujer, Carlos, que está tan blanca?

Carlos le miró con asco cuando le vio entrar.

—Nada que no se merezca —dijo antes de abandonar la terraza y, como supieron más tarde, de abandonar la fiesta.

—¿Qué ha ocurrido? —le preguntó Jaime a

Marta mientras la ayudaba a sentarse en un balancín de hierro que había en la terraza.

—Ha sido horrible, Jaime. —Y sin poder aguantar más, se inclinó sobre él y comenzó a llorar.

No sabía por qué lloraba más, si por lo desagradable de la escena, si por la revelación que le había
hecho el tal Carlos de que se había deshecho de un
bebé —ella, ¡oh Dios mío!, ¿había sido capaz de
abortar?—, o porque había matado al hijo de aquel
hombre. Pero ¿cómo? ¿Había sido la noche del accidente también?

Dios mío, ¿quién era ella antes del accidente, la
marquesa de Merteuil[1]?

Cuando consiguió recomponerse, se dio cuenta
de que habían llamado la atención de algunos de
los invitados que entraban y salían a la terraza pre-
guntando si necesitaban algo.

—¡Vámonos! —le dijo Jaime mientras le besaba
suavemente en la sien—. Vámonos a casa. Estarás
mejor allí. No teníamos que haber venido.

Marta fue incapaz de decirle que no había sido
por venir por lo que se encontraba así. Pero estaba
tan floja, tan deprimida, tan triste... que accedió a
irse.

En el corto trayecto de vuelta, ninguno de los
dos habló y Jaime se conformó con acariciarle la
espalda por encima del abrigo de visón, en suaves
círculos.

—Marta —le dijo Jaime cuando se separaron

---

[1] La marquesa Isabelle de Merteuil es uno de los protagonista
de la novela *Las amistades peligrosas*, escrita por el escritor francés
Choderlos de Laclos. El personaje muestra una mujer muy hermosa, de moral muy baja, que en la trama del libro manipula al
resto de personajes a su antojo y siempre para el libertinaje.

ante la puerta de su dormitorio—. No le des vueltas a lo que ha dicho Carlos.

—¿Qué le pasó a su hijo?

—Se suicidó. —Algo se calmó en Marta con esa declaración. Pero, aun así, necesitaba saber.

—¿Por qué?

—Tenía depresión desde hacía unos meses. —Jaime se encogió de hombros—. Son cosas que desgraciadamente pasan. Un duro golpe.

Marta sorbió por la nariz.

—¿Yo era... amiga de él?

—Lo fuiste un tiempo, sí —consintió Jaime—. ¿Carlos no se habrá atrevido a echarte la culpa de la muerte de Daniel?

La mirada de Marta, llena de lágrimas, lo dijo todo.

—Cariño, cuando alguien se suicida, es porque no está bien. No se puede echar a nadie la culpa. Seguro que Carlos sí que se siente culpable. Se preguntará si podría haber hecho algo para evitarlo y seguro que se lamenta de no haber dado con la tecla. Pero no es justo que te eche a ti la culpa, ni que se la eche a sí mismo. La depresión es una enfermedad horrible. No es culpa de nadie. Ni siquiera del que se suicida. ¿Me crees?

Lo que Jaime decía no tenía ningún sentido para ella. Quizá no había matado al hijo de Carlos, pero a lo mejor había contribuido a que tomara la decisión de hacerlo él. ¿Y el bebé del que parecía que se había deshecho? ¿Era del hijo de Carlos?

Pero Jaime todo eso no lo sabía y ella no era capaz de decírselo. No era capaz de decirle lo que había hecho. Podría llamar a su ginecólogo y comprobar si era verdad que había abortado...

¡Qué duro le estaba resultando chocar contra

ese muro que era la memoria olvidada y no reconocerse, ni comprender a la persona que le mostraban que había sido!

Asintió a Jaime, todavía deprimida, deseosa de
estar sola y de hacerle creer que había conseguido
animarla.

Capítulo 14

Marta miró la terraza de su dormitorio mientras se desvestía para irse a dormir. Necesitaba aire. Necesitaba aclararse las ideas. Ya hacía unos días que había decidido no dejarse llevar por quien había sido antes del accidente.

Había llegado a la conclusión de que no podía deshacer el pasado. Y, como no podía deshacerlo, debía mirar hacia adelante. No volvería a cometer las atrocidades que había cometido antes del accidente. Y no se iba a volver loca mirando hacia atrás. Eso ya no tenía arreglo. Si se dejaba llevar por la tristeza del pasado, acabaría con una depresión.

A través de los visillos blancos pudo distinguir la ya familiar *chaise longue* de mimbre blanco, la mesa baja y el par de confortables sillones. Cómo aquello estaba siempre impoluto era algo que escapaba a su entendimiento. Supuso que cuando subían a arreglar su cuarto, incluían también la terraza, con increíble meticulosidad.

Después de colgar la ropa de nuevo en el armario, y vestida con bata y camisón, abrió la ventana corredera que iba de suelo a techo y salió al aire frío de la ciudad. A pesar de estar ubicada en pleno centro de Madrid, la calle no era en absoluto ruidosa y, rodeada como estaba la terraza por las copas de los frondosos árboles de la parcela, podía uno pensar que se encontraba en cualquier sitio menos en el barullo de una gran ciudad.

Llegó hasta la barandilla, dejando tras de sí los asientos.

¿Quién era ella? Se miraba al espejo y, aunque le gustaba lo que veía y podía aceptar que aquel rostro desconocido fuera el suyo, en todo lo demás, no le gustaba nada en quién se había convertido.

Su marido le gustaba. Una lágrima se deslizó por su rostro y fue cuando se dio cuenta de que estaba llorando y realmente triste.

Se la quitó disgustada de un manotazo.

Sí, suspiró fuerte, temiendo que iba a ponerse a llorar frenéticamente. Su marido le gustaba mucho, pero ella era un ser horrible. Y por otro lado, ¿qué tipo de matrimonio llevaban?

—No estarás pensando tirarte, ¿verdad, cielo?

El susto de oír una voz, cuando pensaba que estaba sola, hizo que se olvidara de su tristeza. Allí estaba su marido, imponente, sentado en el sillón de mimbre, un cigarro en su mano, las piernas elegantemente cruzadas.

Le enfrentó avergonzada.

—Te quitaría un gran peso de encima, reconócelo —trató de bromear, pero creía bastante cierto lo que decía como para ceder el ánimo.

Él se levantó. Tan rápidamente que a Marta le sorprendió, acostumbrada como estaba a verle actuar siempre de un modo tan elegantemente tranquilo.

—No creo que seas un peso muy pesado —le

siguió la broma mientras se plantaba delante de ella, arrojando la colilla por encima de la barandilla.

Otra lágrima furtiva se escapó de nuevo de los bellos ojos de Marta.

—¿No vas a dejar de llorar?

Marta negó con la cabeza.

—Lo he intentado. —Se encogió de hombros—. Y procuro no pensar en el horrible encuentro con Carlos. Pero entonces, me pregunto... —calló, cohibida.

—Pregunta lo que quieras. Ya sabes que el médico ha dicho que es bueno que lo hagas.

—¿Lo nuestro es un matrimonio de conveniencia? —Soltó sin atreverse a mirarlo, pero lanzándole alguna rápida ojeada.

Jaime se quedó sin palabras.

—¿De conveniencia?

—Sí, ya sabes. ¿Nos casamos como un pacto, no por verdadero amor? —Ella le miraba tratando de escrutar la reacción en su rostro.

—¡Ah! —asintió comprendiendo—. ¿Y qué conveniencia sería esa?

—Pues no sé. Evidentemente tú no necesitas dinero, pero yo parezco no tener familia, ni trabajo y gracias a ti vivo como una reina —aventuró, confirmando lo que ya le habían dicho su suegra y su cuñada.

—No trabajas, no. Pero podrías, si quisieras —desvió la conversación Jaime.

—Ya. ¿Y dónde está mi título de Derecho?

Jaime se encogió de hombros.

—Ni idea. Podemos llamar a la universidad a pedirlo.

—¿A cuál?

—¿Complutense? —le preguntó él sin tener ni

idea—. No hay problema, cielo. Mañana mismo le pedimos a un detective que lo indague.

Marta le sonrió agradecida.

—Gracias.

—Entonces, ¿eso es todo lo que te pasa? ¿Que quieres trabajar?

Ella negó y miró hacia el suelo, tratando de poner orden. Si había estudiado una carrera, desde luego ahora no se acordaba de nada. Pero antes, tenía que solucionar su situación con el hombre que estaba ante ella. Carraspeó y tomó de nuevo la palabra.

—Bien, como digo, a lo mejor yo necesitaba un marido con... con digamos... —señaló ampliamente la casa y a él.

—¿Y yo?

Marta se ruborizó.

—¿Una esposa? ¿Da igual como fuera?

—Así que yo necesitaría una esposa, cualquiera —matizó rápidamente—, porque no puedo conseguir una de verdad... porque... ¿Por qué?

— ¿... eres gay? —dijo Marta mordiéndose la lengua en cuanto se le escaparon las palabras.

Jaime enrojeció y comenzó a toser. Marta, arrepentida, empezó a balbucear perdones, hasta que se dio cuenta de que él se estaba riendo.

—¿Parezco gay? —le preguntó él por fin.

—No, no. ¡No! Pero... yo qué sé. Los dormitorios separados, permitías que yo... —se interrumpió—. Cuanto más averiguo sobre mí, más se confirma que yo no era precisamente la mujer más fiel del mundo. —Las lágrimas volvieron a tomar posesión de sus ojos—. Y a ti no parecía molestarte. Parece... que cada uno hacía su vida. No puedo imaginarme un matrimonio así si no fuera porque no había ningún cariño entre los dos. —El pensamiento era tan doloroso que soltó un sollozo tremendo y antes de que pudiera darse cuenta estaba en los brazos de Jaime hipando y mojándole la delantera de su camisa con sus lágrimas.

—Ea, ea, no llores —Jaime le murmuraba palabras de consuelo mientras sus labios le recorrían la frente con ternura.

—Parece que últimamente no puedo parar de llorar.

—Como que es mucho. —Volvió a besarla en la frente y un agradable escalofrío recorrió a Marta—. Claro que te quiero. Claro que me importaba que te fueras con otros hombres. Claro que me enamoré de ti en cuanto te vi. Claro que no soy gay —le dijo mientras intercalaba un beso con cada frase.

Marta le escuchaba mientras hipaba y le creía con toda su dolorida alma.

El beso comenzó de manera natural. Fue el propio Jaime quien no se pudo resistir. Esos labios habían sido suyos innumerables veces y el cuerpo de su mujer había estado en sus brazos otras tantas. Amargado por su fracaso, y asqueado por la mujer que había descubierto que era Marta, no se había parado a pensar en cuánto echaba de menos aquella intimidad, aquella ternura. Los labios de ella le recorrieron el rostro, le besaron con cariño las comisuras de los labios, el puente de la nariz, le recorrieron con suavidad de terciopelo la mandíbula. Aquello era el cielo y Jaime se dejó llevar. Se zambulló en la boca de ella como si su sed no tuviera fin. Se quedó sordo y ciego a todo y su cuerpo entero se concentró en el de ella y en el placer que le otorgaba volver a tenerla en sus brazos.

—Será mejor que entremos, vamos a mi cama

—le susurró Marta, suspirando mientras sus manos jugueteaban con su pelo detrás de su nuca—. No aguanto más.

La realidad le recordó a Jaime que su cama no era la de él, nunca lo había sido. Ella así lo había dispuesto y él, cansado y sin ganas de nada, no había luchado ni discutido y la había dejado hacer.

—Seamos prudentes —dijo en contra de cada latido de su corazón y de su propio deseo. Pero no podría soportar que aquella Marta, tan parecida, y tan diferente a la vez, a aquella otra que le había enamorado, se volviera a convertir en la extraña arpía con la que había compartido nada más que techo y apellido el último par de años.

—¿Qué? —la voz de Marta era tan incrédula que Jaime se hubiera reído si no le estuviera resultando tan costoso dejarla.

—Vamos a esperar un poco a que te encuentres mejor.

—¡Estoy fenomenal! —le aseguró una Marta todavía enfebrecida, guiando la cabeza de él otra vez hacia sus labios y recibiéndola ansiosa, devorándole y matándole al mismo tiempo.

—¡Dios mío, cariño! ¡No me lo pongas más difícil!

Derrotada, Marta se desenroscó de él, sintiendo frío inmediatamente. Se abrazó con los brazos la cintura mirándole desvalida.

—¿No podemos recomenzar?

Jaime asintió brevemente con la cabeza.

—Me gustaría pensar que sí. Ojalá. —No quiso hacerla daño, pero no pudo evitar decir—: Pero vamos a estar seguros de que esto es lo que quieres de verdad.

Y dejándola allí, se volvió hacia su dormitorio y

corrió las cortinas, y ella se sintió sola y abatida, sin terminar de entender muy bien qué es lo que había pasado.

¿Acaso no le había dicho que la había querido?

Marta fue a su dormitorio. Tenía muchas cosas en las que pensar. Sin embargo, en cuanto cayó en la cama, se le cerraron los ojos.

Capítulo 15

A la mañana siguiente, Marta se levantó y, al darse cuenta de que era domingo, decidió que iría a misa. Había recordado la costumbre cuando había escuchado comentar a los asistentes a la fiesta que la ceremonia de renovación de votos matrimoniales de Cote y Juan había sido maravillosa. Se le había olvidado preguntarle a Jaime por qué ellos no habían asistido. Probablemente, se debió a protegerla a ella. Como todo. Porque él pensaba que no estaba preparada para tanto. Y su marido no hacía más que protegerla.

Bajó a desayunar y le comentó a Jaime que quería escuchar la misa de domingo.

—Te acompaño.

—¿Tú sueles ir a misa? —le preguntó sorprendida.

—La verdad es que hace tiempo que no. Pero no me vendrá mal. Y lo cierto es que tú tampoco solías ir últimamente.

—Me da igual —lo dijo con firmeza, harta de su antiguo yo—. No tengo ni idea de quién era antes del accidente, ni me importa. Voy a hacer lo que creo que hay que hacer y si últimamente no iba a

misa, yo sé que antes sí que iba. Sé que he hecho
la comunión. Sé canciones de misa.

—Sí, sí, si nos casamos por la Iglesia.

—¿Ves? —gritó triunfal—. Pues quiero ir.

—Bien. Yo te acompaño.

El templo, enorme y oscuro, les recibió con la
magnífica pintura en el fondo del altar de más de
diez metros cuadrados donde se escenificaba lo
que Marta interpretó como el juicio final.

No recordaba haber visto jamás esta iglesia. Sin
embargo, sabía que había estado en otros templos.
Identificaba las pilas de agua bendita, el altar, el
sagrario...

—¿En qué iglesia nos casamos?

—En el Espíritu Santo, al otro lado de la Castellana. Nos casó un primo mío que suele confesar allí.

—Bien, quizá eso explique por qué no recuerdo
esta iglesia. Igual no voy a misa desde que nos casamos y antes iba a otra parroquia. ¿Dónde vivía
yo antes de casarme contigo?

—Compartías un piso con una amiga, aquí en el
barrio.

Nada. Blanco total.

—¿Qué amiga?

—Una tal Cristina. Cristina Bernal.

—¿No la invité a la boda?

—No, cielo.

—Pero ¿a mi boda vino algún invitado mío?

—Pues la verdad es que no tienes padres, habían muerto, y no parecías tener contacto con ningún familiar... y, según me dijiste, llevabas poco en
Madrid.

—¡Ah! ¿No soy madrileña?

Jaime negó.

—¿Nos sentamos?

Se sentaron a la izquierda y Marta se dio cuenta, satisfecha, de que conocía las respuestas y cuándo ponerse de pie y sentada.

Se fijó que había un sacerdote confesando en el confesonario de al lado de ellos y, cuando salió el penitente que había dentro, decidió seguir su impulso y entrar ella.

Jaime no hacía más que mirar al confesonario al darse cuenta de todo lo que tardaba su mujer. Pero claro, no iba a interrumpir. Cuando por fin la vio salir, percibió en su rostro las señales de que había vuelto a llorar.

Desde que Marta había sufrido el accidente, la había visto llorar todo lo que no la había visto nunca. Sin embargo, a pesar de sus ojos acuosos, antes de ponerse de rodillas, le apretó la mano y le sonrió y Jaime entendió que, de algún modo, la charla con el sacerdote le había sentado bien.

La miró de reojo mientras ella rezaba. Esta mujer que le había dado el accidente era completamente la antítesis de la que había tenido. ¿Cómo podía haberse convertido en una persona tan diferente?

Jaime sentía que algo no encajaba. Había hablado con la médico y le había asegurado que todo era normal y era anormal a la vez. Que no había protocolos ni rutinas escritas sobre los episodios cerebrales. Había casos para todo. Todo era posible y, sin embargo, él no sentía en absoluto que aquella mujer fuera su esposa. Tenía la misma cara y los mismos ojos y esa misma boca llena y tierna que lo había vuelto loco. Sí. Pero la personalidad era completamente diferente.

Ni siquiera le recordaba a la Marta de sus primeras citas. Aquella era una mujer desinhibida y que a la vez desarrolló en él un sentido proteccionista que nunca antes había tenido. Cuando conoció a Marta, en aquella fiesta de su hermana, con aquel vestido blanco de tirantes que parecía un camisón, le había dado vueltas la cabeza. No había podido separarse de ella en toda la noche.

Pero luego, cuando habían quedado para salir a cenar, le había llamado la atención la necesidad que surgió de proteger a aquella huérfana sin nadie en el mundo.

Echando la vista atrás, reconocía que había caído con todo el equipo. Ella era absolutamente divina físicamente hablando y había explotado tanto su belleza como su necesidad de él. Le había engordado el orgullo, le había declarado de mil maneras su admiración, le escuchaba hablar sin interrumpirle y, cuando él terminaba sus diatribas sobre política, arquitectura o visión del mundo, se sentaba en su regazo y se lo comía a besos diciendo que le ponía a cien cómo hablaba. A Jaime se le había salido el seso de la cabeza con ella.

Contrariamente a los consejos —más bien órdenes— de su madre de que esperaran un poco, había decidido casarse casi inmediatamente.

Así que se había casado y se habían marchado, por deseos expresos de Marta de desaparecer del mundo, a las Islas Mauricio y de allí a Dubai, donde Jaime había echado un vistazo a dos de sus proyectos arquitectónicos.

El viaje de novios había sido el sueño de todo hombre. Habían hecho el amor sin parar, habían disfrutado de las playas de aguas cristalinas, incluso se habían aventurado a hacer algo de turismo para admirar las Gargantas de Río Negro, pasear por la Tierra de los Siete Colores y volver a hacer el amor sin parar.

Marta había estado dispuesta y sonriente y parecía auténticamente feliz. Hasta que se había convertido en un tostón.

Casi al final del viaje de novios, como si el contador hubiera llegado a su fin, se había desatado su mal humor, con malas contestaciones al servicio y había sacado todo de quicio. Al regreso a Madrid, su vida social comenzó a ser trepidante y, durante las veinticuatro horas del día, no hacía más que salir y entrar. Nada le saciaba. Desayunaba con un par de amigas después de hacer Pilates; tomaba el aperitivo en Serrano tras hacer algunas compras en Loewe o Gucci; comía en el último restaurante de moda y por la noche tapeaba por Ponzano, con o sin Jaime, que tras intentarlo varias veces, no consiguió acoplarse al salvaje ritmo de gastos y salidas de su esposa.

Cualquier intento de Jaime de recobrar la intimidad que habían tenido, fue infructuoso. Las discusiones que acarreaban sus salidas y el hecho de que ella no estaba nunca en casa cuando él llegaba, los devaneos con conocidos y desconocidos, solo generaban por parte de su mujer portazos y malos humores, provocando el desencanto total en él.

Hasta que Jaime, templado y enfrentado a la realidad, sobre todo después de que el último hombre al que Marta se había dirigido había sido el prometido de su hermana, decidió que lo mejor era divorciarse.

Para su asombro, cuando planteó a su mujer que podría ser libre del todo sin él y hacer su voluntad, se encontró con que Marta se negó en rotundo a perderle de vista. Le lloró, le rogó, le pidió perdón, y se negó a que se divorciaran. Ni siquiera la promesa de una buena cantidad de dinero le inclinó a tomar la decisión.

Así que comenzaron a dormir en habitaciones separadas y Jaime tan solo esperaba que su mujer se enganchara lo suficiente con alguno de sus amantes para querer irse a vivir con él y así desapareciera por voluntad propia de su casa y de su vida.

Poco le importaba ya que su mujer estuviera en boca de todos, así como su fracasado matrimonio. No le hicieron perder los nervios ni los comentarios ácidos de su hermana, resentida con Marta evidentemente, ni los «te lo dije» de su madre. Consiguió volcarse en su trabajo y olvidar que su vida sentimental había sido un fracaso horrible y que, probablemente, el único motivo por el que su mujer no quería el divorcio era porque se gastaría todo lo que el acuerdo de divorcio le diera y, casada con él, no había fin.

Aun así, en un acto de mezquindad que le inspiró su primo Sergio, encargado de sus finanzas, permitió que este le recortara los límites de las tarjetas de crédito hasta lo que consideró aceptable y toleró aquellos gastos como el precio a pagar por haber hecho el estúpido más grande que una persona podía hacer. Y se dispuso a vivir su vida independiente de la otra persona con la que compartía su casa.

Sin embargo, el accidente había roto la extraña rutina en la que habían caído. Aquella nueva mujer le recordaba en algo a la Marta del principio de su relación, que había explotado su vulnerabilidad, solo que la nueva Marta lo hacía sin darse cuenta y, para qué negarlo, en el fondo del romántico corazón de Jaime, había vuelto a esperar que algo bueno podía sucederle.

Capítulo 16

Aquella tarde no encontró a Marta ni sentada a la mesa ya puesta de comedor, ni en la biblioteca que solía ser su habitual estancia. Graciela le informó de que llevaba un buen rato en la terraza de atrás donde, efectivamente, daba el sol todavía. Grandes tomos de Derecho la rodeaban y ella parecía concentradísima en leer, cerrar un libro y abrir otro. El perro, a sus pies, levantaba la cabeza cada vez que el golpe de un libro rompía bruscamente el silencio, y al ver que su dueña no le hacía caso, volvía a reposar el hocico en los botines de ella.

—¿Todo bien?

—¡Oh!, Jaime, ¿qué tal tu día?

—Bien, tranquilo.

Le encantó que ella hiciera hueco para disponerse incluso físicamente para escucharle. Así que se sentó en la silla de al lado y le dio algunos detalles de interés sobre su trabajo y un cliente.

—Y tú, ¿qué haces? ¿Recordando cosas de Derecho? ¿Vas a querer ejercer o algo así?

—Verás... ya sé que la médico ha dicho que no hay reglas sobre las pérdidas de memoria. Pero ¿no te parece muy extraño que me acuerde perfectamente de todos los libros que he leído, incluso de las películas, me acuerdo hasta de los libros de texto del cole, lo he comprobado —no de todos obviamente—, pero no me acuerdo nada, nada, nada, de Derecho? Nada. Ni los temas, ni las asignaturas. Nada. Ni un solo artículo. Ni la Constitución. Yo qué sé. ¿No debería acordarme de algo?

—No lo sé. ¿Qué quiere decir que no te acuerdes?

Frustrada, se encogió de hombros.

—No lo sé. Pero es que es como si me hubieran metido en el cuerpo de otra persona. No me reconozco en nada de mi anterior yo. ¿Cómo puedo ser tan diferente y no acordarme de nada? ¿De que estoy casada, de que he ab...? —Estuvo a punto de hablar de la acusación que le había hecho Carlos, pero todavía se negaba a creerlo—. ¿De todo lo anterior y, sin embargo, me acuerdo de libros que ni siquiera tú sabías que he leído, de películas que nunca hemos visto juntos?

—Bueno, también te acordabas de Carlos y de Elías. Son dos piezas de tu anterior vida que han aparecido en tus sueños.

—Sí, es verdad. —Se encogió de hombros y volvió a dar carpetazo al tomo que tenía entre manos.

Harto de tanto golpe, el perro se levantó y con un ligero y lastimoso gruñido le puso el hocico en el regazo a Marta.

—Ya lo sé. Ya lo sé —le dijo mirando al perro a los ojos y acariciándole detrás de las orejas—. Pero es todo tan frustrante.

El perro aprovechó para lamerle la cara y consiguió sacarle una carcajada.

Jaime se abstuvo de decirle que antes del accidente no hubiera consentido tocar al perro, mucho menos que este le llenara de babas, pues no parecía el momento adecuado de resaltar aún más las diferencias con su anterior yo.

—Cariño, habrá que irnos haciendo a la idea de que, tal vez, jamás recuperes la memoria. ¿Sería tan malo vivir como vives ahora?

Marta le miró.

—Malo, no. Raro, sí. Pero supongo que a medida que pase el tiempo iré creando mis nuevos recuerdos. De hecho, esta casa no lo era al principio, pero ya es mi casa. Me siento tan a gusto aquí.

Jaime sintió que el corazón se le calentaba al escucharla. Le gustaba que le gustara estar allí. Él había tratado de hacer un hogar de aquella casa y saber que Marta estaba cómoda le llenaba de orgullo. Había sido su casa soñada. No solo por su valor arquitectónico, que él apreciaba absolutamente, sino porque la suerte le había permitido hacerla suya y tenerla y vivirla le hacía muy feliz. ¡Qué menos que compartirla con sus seres queridos!

Comprendiéndole, Marta dijo:

—Esta casa es una pasada en todos los sentidos, Jaime. Es única.

Solo faltaba, pensó ella, que su matrimonio también fuera un hogar para los dos.

—Me gustaría crear nuevos recuerdos contigo, Jaime —se atrevió a decirle.

Él le cogió la mano, donde ella llevaba, casi desde que volvió a la casa, la alianza de casada que se había dejado aquella noche y que tan a menudo se quitaba antes, y la besó tiernamente mirándola a los ojos.

—Me gustará que tengas buenos recuerdos conmigo —le aseguró él.

Y como si hubieran sellado un pacto tras aquella

conversación, comenzaron a hacer planes los dos solos fuera de casa. Unas veces, Jaime le pedía, al volver del trabajo, que se fueran a picar algo a algún restaurante de alrededor. La zona de Ponzano estaba completamente de moda, pero Jaime prefería esquivar a las masas e iban a las terrazas de la Plaza de San Juan de la Cruz. Le encantaba un bar cercano a casa, de los de toda la vida, con mesas metálicas, barra con mostrador refrigerado, absolutamente fuera del circuito, en el que además, con la consumición solían poner pinchos. Estaba siempre lleno, pero de una parroquia mucho más variopinta y diferente. Salían con ropa informal, con vaqueros, aunque a Marta, teniendo como tenía tantísima ropa y sintiendo debilidad por los zapatos, le encantaba cambiarse cada día de calzado. ¡Había tanto donde escoger! De tacones, planos, botines, botas, sandalias, de plataforma... Estaba casi segura de que se los había comprado un número mayor y se preguntó si, a lo mejor, un número menor le haría rozaduras y por eso todos le estaban un pelín grandes.

Por otro lado, había encontrado, debajo de su tocador, un cajón que no se veía a simple vista, del mismo tamaño del tocador, ¡solo con pendientes! No había podido siquiera contarlos. Y le encantaba ponerse los más llamativos, de aros grandes, de colgantes originales y coloridos. Y aunque no era aficionada a pintarse, le gustaba ir natural, se acostumbró a hacerse la raya del ojo y darse un toque de brillo en los labios.

Solían ir de la mano y no había día en que Jaime no le hiciera algún cumplido sobre lo que llevaba puesto. Cuando le decía que estaba guapa, que algo le sentaba bien, o bromeaba que así daba gusto salir de casa, que iba a ser la envidia de todos los hombres con los que se cruzaran, aunque lo dijera de una forma como de pasada, a Marta se le calentaba el corazón.

A los pocos días comenzaron a tomar la rutina de besarse a final de la cita, cuando ya volvían a casa. O al pie de la escalera, o en la puerta del dormitorio de Marta. O incluso al andar por la calle de vuelta al hogar, alguna vez Jaime la había cogido en volandas y metido en el entrante de un portal y allí, ocultos de los otros peatones, la había devorado.

Marta sentía que con los besos de su marido levitaba. Se le iban las ideas de la cabeza y todo su cuerpo estaba absoluta y totalmente girado hacia él y hacia todas las sensaciones que con aquellos besos interminables le producía. Se sentía mujer, dispuesta y deseada. Y por Dios que ella le deseaba a él también.

Otras veces disfrutaban de perezosas tardes por el Retiro, los Nuevos Ministerios, jardines a los que iban con Thor mientras filosofaban y hablaban del todo y de la nada.

Y como no podían vivir aislados, algunas veces comían en casa de la madre de Jaime, con su hermana y algún que otro pariente. No se atrevían a reanudar la vida social de Marta tras el fracaso de las bodas de plata de Cote y Juan, pero sí hacían encuentros de una o dos parejas.

Para Marta fue una época preciosa. Durante el día paseaba con el perro, leía, veía películas, se hacía con las cosas que tenía, las cotilleaba de forma que iban siendo cada vez más familiares. Cambiaba lo que no le gustaba. Había una crema corporal que detestaba por su olor y rogó a Graciela que cuando se acabara no compraran más.

Pidió una caja de cartón donde metió cremas, perfumes, pinturas que no iba a usar ni en mil años y se las regaló al personal de servicio, que las recibieron encantadas.

Había encontrado toda una parte del vestidor llena de saltos de cama, ropa interior de satén de lo más provocativa. No sabía si algún día se la pondría, pero no se atrevió a deshacerse de ella a pesar de que en el día a día se sentía cómoda usando de algodón.

Había encontrado unos camisones ideales, que le recordaban a la época dorada de Hollywood, cuando una Grace Kelly podía ser asesinada en un crimen casi perfecto con auténtico *glamour* a pesar de estar recién levantada de la cama. Se ponía esas prendas todas las noches y se acostaba soñando con el momento en que Jaime la viera así.

Capítulo 17

Desde que había llegado a la casa, apenas si había cruzado dos palabras con Mariano, el chófer. Desde el primer día que él vino a recogerles a la Milagrosa, recordó Marta, a pesar de que ella le había saludado educada, él tan solo había asentido con la cabeza.

No sabía por qué, pero presentía que ella no le caía bien. Sin embargo, aquella mañana le necesitaba. Y después de todo, ¿no le había insistido Jaime una y otra vez que el servicio estaba allí para ella?

Con más decisión de la que sentía, se dirigió al garaje donde él solía estar siempre con una herramienta en la mano.

—Buenos días, Mariano.

Igual que las otras veces, incluso cuando los había llevado a ella y a Jaime a algún lado, Mariano, sin mirarla, asintió.

—Quería coger el coche.

Aquello sí que hizo que él se enderezara y la mirara directamente a la cara.

—¿El co... el coche? Pero si usted no conduce.

—No, pero antes sí, ¿no?

—Sí —reconoció él—. ¿Sabe el señor que quiere coger el coche?

Marta alzó una ceja con más impertinencia de la que sentía.

—No. ¿Es que tiene que saberlo?

—Oiga...

—¿Sí? —Marta se acercó a él con los brazos cruzados y, a pesar de que él le doblaba en tamaño, se dio cuenta, asombrada, de que se alejó un par de pasos, como si ella fuera dinamita a punto de explotar—. ¿Qué ocurre, Mariano? ¿Me vas a negar que me monte en mi coche? —le preguntó con altivez y provocándole intencionadamente.

—Por supuesto que no. Solo que pienso que no es seguro. Permítame que le lleve donde quiera.

Marta negó con la cabeza.

—No quiero ir a ningún sitio. Simplemente quiero conducir.

—No voy a dejarle.

Su frase dejó de tener sentido cuando Marta, al acercarse, le volvió a hacer retroceder.

Entonces, la joven cogió las llaves donde las había visto con anterioridad, colgadas en un panel de la pared, y se dispuso a sentarse en el coche.

Para su asombro, Mariano se sentó por el otro lado en el asiento del copiloto.

—¿Qué haces?

—No voy a dejar que coja el coche sola.

—¿Es que antes no iba sola?

—Sí.

—¿Por qué no voy a poder hacerlo ahora?

Por primera vez él la miró a los ojos directamente. En su cara había insolencia.

—Veamos si de verdad puede hacerlo.

Marta preferiría que él no estuviera allí, pero no

tenía muy claro que su falsa seguridad fuera suficiente para echarlo. Así que cogió el volante con las
dos manos, suspiró hondo, y decidió olvidarse de
que él estaba allí.

Había estado mirando en YouTube cómo fun-
cionaba un coche y las marchas. Aquel modelo
suyo era automático por lo que, como además estaba ya dirigido hacia la puerta del garaje, lo único
que tenía que hacer era arrancar y salir con la directa.

Encendió el motor pisando el freno. Quitó el freno de mano.

—¿No se va a poner el cinturón?

Marta le miró, retadora.

—No.

Pero Mariano, para su asombro, se echó encima
de ella y le ajustó el cinturón.

Marta puso la marcha y aceleró tan fuerte que
recorrieron más de cinco metros antes de que Mariano tirase del freno evitando que se estampasen
contra la pared.

—¡Por el amor de Dios! —dijo él—. ¡Por poco nos
mata!

Aunque se había asustado, Marta le dijo:

—¡Qué exagerado!

Y poniendo la mano donde Mariano todavía
cogía el freno, y que apartó como si ella fuera una
víbora, volvió a acelerar.

De nuevo, el mecánico tuvo que frenar y, enfadado esta vez, arrancó las llaves del motor.

—¡Se acabó! Está claro que no se acuerda de
conducir.

—No —concedió Marta—, no me acuerdo. —E,
inspirada por lo que acababa de pasar, añadió—:
tampoco me acuerdo de qué mal te hice, Mariano.

Pero lo lamento. No quiero volver a ser así, como era —aclaró.

De nuevo él no la miró:

—Me alegro.

—¿Te hice algo, verdad?

—Olvídelo.

—Lo olvidaré, pero solo si tú lo olvidas. No puedo arreglar lo que hice. Tengo que vivir con ello y sabiendo y entendiendo que hice muchas cosas mal, pero no me acuerdo de ellas, así que no puedo hacer nada.

—No se preocupe. Lo comprendo.

—¿Amigos? —Le tendió la mano Marta.

Él miró su mano y la cogió entre las suyas, algo manchadas de aceite y grasa de automóvil, grandes y respetuosas.

Se llevó la de ella a los labios y, sin llegar a rozarla, le aseguró, mirándola de frente:

—Amigos.

En aquel momento llegó Jaime y abrió la puerta de ella de par en par.

—¿Pero qué coño estabas haciendo, Marta, joder? Y tú, ¿cómo la has dejado?

Los nervios de Jaime eran evidentes. Mariano, con toda tranquilidad, le contestó:

—La señora quería saber si se acordaba de conducir. Pero no se acuerda. No se preocupe. He estado con la mano en el freno de mano en todo momento.

Jaime suspiró fuerte mientras se debatía entre abrazar a Marta o pegarle unos azotes.

—No vuelvas a ponerte en peligro así otra vez.

Marta sonrió, ¡qué exagerado era!

—No lo volveré a hacer —le aseguró sonriendo, complacida de que él se preocupase por ella.

Sin embargo, el rostro de Jaime no se suavizó y siguió completamente serio mientras la arrastraba hacia la casa.

—¿Qué ocurre, Jaime? —preguntó Marta, empezando a alarmarse. Pero él no la contestó. No podía hablar de la fría mezcla de furia y miedo que notaba. Justo esa mañana le había llamado Nacho y se habían visto en la comisaría.

—No hemos encontrado a Carlos —le había informado su primo, con aire circunspecto.

—¿Cómo que no lo habéis encontrado?

—Ha huido, Jaime. De algún modo sospechaba que íbamos a detenerle tras tanto interrogatorio. Creemos que ha habido un chivatazo de la secretaria judicial.

—¿Corre peligro Marta?

—Espero que no, Jaime. No creo que sea capaz de presentarse en vuestra casa. Pero quería que tuvieras toda la información que tenemos y por la que el juez ha dado la orden de detención. Ha quedado bastante claro que la noche del accidente, Carlos se había citado con Marta y esta debió ir acompañada de Elías y todo apunta a que Carlos manipuló el coche para que no funcionaran los frenos.

Durante la siguiente hora le contrastó las informaciones que habían obtenido y el punto en el que se había quedado la investigación.

No era una broma que ahora Carlos estuviera en busca y captura. El juez tenía claro que era el mayor responsable del accidente de coche que mató a Elías Jordá y casi mata a Marta.

Cuando Jaime llegó a casa, las imágenes de todo lo que Nacho le había contado bailaban por su mente.

Al pasar la verja de casa, la vio. Estaba en el coche, con Mariano sentado a su lado, y ella trataba de conducir a base de acelerones que no iban a ningún lado y frenando a escasos milímetros de chocarse con la fachada de la casa.

Con cara de susto se dirigió rápido hacia ella y la hizo bajar.

—¿Se puede saber qué estás haciendo?

El miedo a que le pasara algo hizo que su tono sonara enfurecido.

Marta le demostró miedo.

—Quería ver si sabía conducir. Teóricamente, sé, ¿verdad? ¿Sabía antes del accidente?

—¿Y qué quieres? ¿Matarte para comprobarlo?

—No, claro que no.

Como seguía bullendo de ira, Jaime mezcló la rabia que sentía con todo lo que Nacho le había contado y el absurdo miedo que había sentido al verla malconducir. Se apoderó de él la irracionalidad total. ¡No podía más! Aquella mujer y los sentimientos contradictorios que desarrollaba en él iban a volverle loco.

Así que le echó todo en cara sin filtro alguno, sin preocuparse, por primera vez desde el accidente, de sus sentimientos:

—La Policía ha confirmado que Carlos manipuló el coche para matarte. Era a ti a quien quería matar. Ahora está en busca y captura. Pareció intuir que iban a ir a por él y se ha escapado. No quiero que salgas de la casa, ¿me oyes?

Marta lo notó en él, la preocupación, pero también el enfado.

—¿Por qué estás enfadado?

—Estoy aguantando las ganas de matarte. No sé si lo lograré antes de que lo hagas tú.

—¡Ah! ¿Estás preocupado? —Era tal la cara de felicidad de Marta, que Jaime la miró asombrado.

—¿Te hace feliz? ¿Que esté enfadado te hace feliz?

Marta sonreía como una idiota negando con la cabeza.

—No, claro que no, pero me gusta que te preocupes por mí.

Jaime negó con la cabeza, asombrado. ¡Por Dios! Le daban ganas de azotarle en el trasero. Como la idea cobraba cada vez más fuera en su cabeza, se alejó de allí a grandes pasos.

—No se te ocurra salir de casa sola.

Y se marchó dejándola con una mirada contenta.

Mariano, con su discreción habitual, llevó el coche de vuelta al garaje despidiéndose con un leve gesto con la mano.

Capítulo 18

Marta decidió que ya habían esperado suficiente. Quizá, pensó una vez que se hubo cambiado y se estaba cepillando el pelo delante del espejo, tendría que ser ella la que tomara la iniciativa e ir a verle a su cuarto y rogarle que le hiciera el amor de una vez. Sabía que los besos no le dejaban a él tampoco indiferente y, más de una vez, le había confesado entre dientes lo duro que se le hacía tener que parar.

Entonces, ¿por qué paraba?, se preguntaba la joven frustrada. ¿No eran marido y mujer? ¿No habían decidido, en cierto modo, comenzar de nuevo?

Se miró en el espejo y le gustó lo que veía. Quizá no era la más guapa del mundo, pero no estaba nada mal.

Se levantó, nerviosa pero decidida, dispuesta a visitar a su marido y acabar con la tensión sexual no resuelta que tenían desde que ella volvió del hospital. No le importaba cómo hubiera sido su vida antes, pero igual que ya no le gustaban ciertas cremas o potingues, y se había deshecho de ellas, se iba a deshacer de este matrimonio puro y casto e iba a convertirlo en un matrimonio como los demás.

Se puso la bata de satén encima de los tirantes del camisón y las zapatillas a tono y se dirigió a la puerta de su cuarto.

—¿Vas a algún sitio?

La voz de Jaime, detrás suyo, le dio un susto de muerte.

Se giró y vio a su marido cerrando la ventana de la terraza y corriendo las cortinas.

—Justo iba a verte, Jaime.

—Parece que se nos ha ocurrido lo mismo. —Le mostró una botella de champán y dos copas que portaba—. He pensado que podíamos alargar la noche un poco más.

Solo pudo asentir. De repente, la realidad le abrumó.

—Si no es mucho para ti —había una pregunta en la mirada de Jaime.

—No lo es, Jaime —le aseguró. Aunque ¿se daba él cuenta de que para ella era, de alguna manera, una primera vez?

—Bien. —Y sin dilación, destapó con pulcritud la botella y sirvió las copas—. Por nosotros.

—Por nosotros. —Aceptó Marta brindando con él.

Como ella había visto hacer a Tony Curtis en la película de *Taras Bulba*, Jaime no se limitó a brindar, sino que entrelazó su brazo con el de ella. Sus ojos se encontraron por encima del cristal de Bohemia.

—No te bebas toda la copa de golpe, cariño —le amonestó cariñoso—. Te quiero bien consciente para lo que vamos a hacer.

Y, sin más, le quitó suavemente la copa casi

vacía de los dedos y ayudándola a levantarse, la cogió entre sus brazos y comenzó a besarla como si siguiera sediento.

—No aguanto más sin ti —le murmuró entre besos—. He intentado posponerlo, pero ya es imposible.

A pesar del aturdimiento y del ardor, Marta se echó hacia atrás, separándose unos centímetros de esos labios que la traían loca.

—¿Por qué querías esperar? ¿Por qué no lo hemos hecho antes?

Jaime resopló disgustado, como el caballo al que le cortan la carrera en seco.

—Al principio fue por mí. Quería mantenerme a salvo de ti. No quería volver a enamorarme y perder la cabeza por ti para que luego me hicieras trizas. —La miró a los ojos e insistió con las cejas alzadas—. Me hiciste trizas, cielo. Cuando nuestro matrimonio se rompió, me hiciste trizas, aunque procuré disimularlo.

Decidiendo que había mucho más que contar, Jaime se giró y volvió a rellenar las dos copas.

—Es cierto que nos casamos muy rápido, pero nunca pensé que una persona pudiera cambiar tanto. Eras completamente diferente a cuando te conocí. Sé —levantó una mano cuando Marta fue a hablar— que no se puede ni se debe echar la culpa a uno solo cuando un matrimonio va mal. Imagino que cometí mis errores contigo, que yo tampoco era lo que tú esperabas. Pero yo no fui el que rompió los votos siendo infiel.

Marta se ruborizó.

—Los...

—No. Ya sé que no te acuerdas y no he venido aquí a echarte nada en cara. Todo lo contrario. Sin embargo, sí que quiero que comprendas, que esta nueva tú, la de después del accidente, no eres ni remotamente parecida a ninguna de las dos Martas anteriores. Marta... —se inclinó hacia ella y como si no pudiera evitarlo la besó suavemente—, Marta, madre mía, eres lo mejor que me ha pasado nunca, me haces tan feliz, eres tan maravillosa, tan preciosa, tan... —entre besos se volvió a sumergir en ella—. Y tengo tanto miedo de que mañana no sigas igual —le confesó aturdido.

—¿Tienes miedo de que recupere la memoria?

Avergonzado, asintió.

—Estoy encantado de que seas como eres, cielo y me siento fatal por ello. —Le apoyó la frente en la suya—. Ese es el otro motivo por el que no quería tocarte. Me sentía un traidor por no querer que mejoraras. Pero no puedo desear, bajo ningún concepto, que seas como eras antes.

Marta le acarició y le pasó las manos por la cara logrando que le mirara, dejando su vergüenza.

—Cielo, a mí tampoco me gusta lo que sé de mi yo de antes. Espero de corazón que si recupero la memoria, no recupere mis malos hábitos anteriores porque ni de coña quiero ser la mujer que he descubierto que era.

Y como si con aquello hubieran sellado un acuerdo, volvieron a besarse.

Tardaron poco en desvestirse y en dirigirse a la cama sin dejar de besarse y de tocarse. Se entregaron el uno al otro con el fervor y el entusiasmo de dos chiquillos. A pesar de que Jaime conocía a aquella mujer, cada curva que acariciaba, cada sensación que le provocaba era nueva, como si también para él fuera una primera vez.

Marta le besó cada centímetro de su cuerpo,

como si con su dulzura quisiera sanar el dolor de sus heridas y de su soledad. Y él la llenó de besos y caricias hasta que la cubrió con su cuerpo y cegado por el calor, de un solo embiste, se introdujo en ella.

Marta nunca antes había sentido nada así. Sabía que el sexo sería animal, pero deseaba que fuera hermoso. Esperaba algo de incomodidad, pero le sorprendió el fuego de dolor que sintió entre las piernas cuando Jaime la penetró. Las lágrimas le saltaron involuntarias de los ojos y, sin embargo, el placer retornó como una ola que venía de lejos y que al final la llevó en ondas, desde las puntas de los pies hasta la cabeza, donde en las sienes, sintió estallar los colores como fuegos artificiales.

—¡Dios mío! —Oyó resoplar a Jaime en su oído cuando la joven volvió a tomar conciencia de lo que le rodeaba.

Incorporándose sobre los codos, su marido se retiró de ella y la observó.

—¡Dios mío! —volvió a repetir mirándola como si le hubiera salido otra cabeza. Con ternura, le besó el resto de las lágrimas que le habían caído a los lados de la cara y, con cariño, la besó en los labios—. ¡Dios! Perdóname.

—¿Qué tengo que perdonar, Jaime?

—Te he hecho daño —dijo lo obvio.

Marta se encogió de hombros.

—A lo mejor es porque había pasado mucho tiempo.

Jaime sonrió y negó:

—No, cielo.

Se separó de ella haciéndola sentir desnuda y sola. Y para su asombro se puso el pantalón de pijama y le metió a ella su camiseta por la cabeza.

Adiós a permanecer lánguidos en la cama haciendo la cucharita y susurrándose confidencias, se dijo Marta con tristeza, esperando de todo corazón que él no se volviera a su cuarto, o por Dios que bajaría a la cocina a por una sartén para estampársela en la cabeza.

Pero Jaime se sentó al lado de ella en la cama. La incorporó y dándole un beso en la sien mientras le hacía reposar contra su pecho, le soltó:

—Es imposible que seas Marta. —Sus brazos le acariciaban los hombros y se los masajeaban distraídos—. No sé qué está pasando, ni cómo puedes ser tan parecida a mi mujer, pero cielo, eras virgen hace diez minutos y te puedo asegurar que ya no lo eres. Y te puedo garantizar que Marta tampoco lo era. Ni siquiera cuando yo la conocí.

La falsa Marta se incorporó, separándose de él para mirarle a la cara:

—¿Qué quieres decir? —mientras negaba con la cabeza, incapaz de aceptar lo que le estaba diciendo.

—Ese dolor que has sentido... es de la primera vez. No sé cuál es la explicación correcta. Lo único que se me ocurre es que seas una gemela. Pero es la verdad, cielo. No eres mi mujer. No sé quién eres. Marta nunca habló de ti. Siempre decía que sus padres habían muerto y que no tenía más familia. —La miró esperando alguna luz por su parte—. No sé cómo acabaste sustituyendo a mi esposa en aquel coche. No sé qué ha pasado, pero te juro que voy a averiguarlo.

Las lágrimas, ya incontenibles, salieron a borbotones de los ojos de la joven.

—¡Oh, Dios mío!

Jaime se acercó a ella, le inclinó la cabeza sobre

las piernas y le obligó a respirar despacio mientras le daba suaves masajes sobre la espalda.

—No te voy a dejar, cielo. Seas quien seas, y haya pasado lo que haya pasado, no te voy a dejar sola.

El llanto de ella se hizo aún más desgarrador. Jaime le levantó el rostro con las manos y lo sostuvo en las palmas de sus grandes manos y cubriéndole la cara llena de lágrimas y congestionada del llanto con besos, la obligó a mirarle.

—Estamos juntos en esto. —La besó fuerte y decididamente en la boca—. Estamos juntos en esto. Confía en mí. —La volvió a besar recorriendo con sus labios la cara embargada en lágrimas—. Confía en mí. Vamos a averiguar qué ha pasado. Contrataremos un detective privado. Averiguaremos quién eres y, seas quien seas, cielo, no lo olvides —la miró detenidamente y asegurándose que comprendía—: eres mía.

Ella lo miró con la duda en los ojos.

—No soy tu esposa, Jaime. Eso es una realidad.

—No me importa. —La besó, obligándola a callar y borrando sus alegaciones con besos—. No me importa. Eres mía. No sé cómo pero todo se va a solucionar. Jamás antes he deseado algo con tanto furor. Por encima de todo —le insistió mientras le besaba—, quisiera con toda el alma que ella fueras tú.

Y como si solo tuvieran esa noche para los dos, se entregaron nuevamente al amor, diciéndose y demostrando con sus cuerpos lo que la inteligencia no entendía, pero les dictaba el corazón.

Cuando Marta se durmió, agotada también por las emociones, Jaime se quedó a su lado, pensativo. Inconscientemente le acariciaba la espalda sabiendo con seguridad que aquella mujer no era su esposa. ¡Menudo galimatías!

Y la duda, que le impedía conciliar el sueño, estaba sembrada haciendo trizas su confianza. ¿Cuántas veces antes se había hecho pasar aquella joven por Marta?

Ella era la respuesta a todas las incógnitas que tenían desde el accidente. Algo sabía seguro. La noche del accidente esta misma joven iba con el amante habitual de Marta, en el coche de Marta y con el bolso de Marta.

¿Y dónde estaba su mujer?

Conociéndola, Jaime se la imaginó en Las Bahamas, con un bikini minúsculo, un nuevo amante y una bebida con sombrillita.

Observó a la mujer sin nombre que dormía confiada pegada a él. Había accedido a un engaño, ¿cuántas veces necesitaba él demostrar lo tonto que era para caer enamorado del mismo tipo de mujer?

Capítulo 19

No sabía quién era, ni cuál era su nombre.

La grandeza de la realidad la sobrecogió al despertarse. Y a pesar de haber sentido ya esa misma sensación con anterioridad, ahora era aún más atemorizante.

Se giró en la cama donde no estaba ya Jaime, aunque sí que había pasado la noche con ella. Amándola. Garantizándole su apoyo. Asegurándole que todo iría bien.

Para cualquier mujer, la noche de su iniciación sexual sería suficiente materia que considerar, pero si además descubría que no era quien era... eso sí que daba para romperse la cabeza. Y ella sentía que tenía un muro contra el que se golpeaba sin más. ¿Qué iban a hacer?

Y si ella no era la auténtica Marta, ¿dónde estaba la verdadera?

Y, en nombre de Dios, ¿por qué seguía en una oscuridad tan absoluta?

Jaime se había levantado no hacía mucho, pues todavía las sábanas guardaban su calor. ¿Dónde se había metido? ¿Cómo podía echarle ya de menos?

Sentía una urgencia tremenda de levantarse e ir a buscarlo, confirmar que seguía todo bien, que se mantenía enamorado de ella...

Las dudas le asaltaban aquella mañana. ¿Quién era ella en verdad? ¿Sería cierto que tenía una hermana gemela? El nombre de Terete que vio aquel día en el móvil de Marta le volvió a asaltar. ¿Sería su nombre?

Y ¿cómo había acabado ella ocupando el lugar de Marta? ¿Y desde cuándo? ¿Desde el accidente o antes?

¿Qué había pasado? ¿Dónde estaba su gemela ahora?

¿Se había arrepentido Jaime de haber hecho el amor con ella? ¿Qué iban a hacer? Hubiera dicho lo que hubiera dicho la noche anterior, no eran marido y mujer ya. Ella no podía pertenecerle. Él no era libre. Era un hombre casado. Aturdida se tiró con un gemido sobre las almohadas. ¡Él era un hombre casado! Y casado, según todo apuntaba, con su hermana gemela.

La realidad la embistió como un miura cabreado. Él no era libre. Daba igual lo que sintieran.

Tendrían que averiguar muchas cosas, pero había una sobre la que ya no había marcha atrás: Jaime era un hombre casado.

La tormenta sonó a través de las ventanas y la lluvia comenzó a precipitarse.

Un relámpago iluminó la habitación y le hizo sentir escalofríos.

Aquella noche también había llovido, le había dicho Nacho. Y ella no era Marta. Estaba casi segura de que se llamaba Terete. Terete Gavilanes.

Se levantó a toda prisa y se fue al cuarto de baño donde se enfrentó a su rostro en el espejo.

Ella no era Marta. Nunca se había sentido como tal. Siempre lo había sabido en su interior.

Otro relámpago la hizo darse cuenta de que estaba helada.

No era capaz de asumir todo. Quería ver a Jaime. Aunque no tuviera derecho, necesitaba verle y estar con él.

Se vistió rápida con la idea de hablar para que, juntos, fuera más fácil tomar una decisión que hacerlo ella sola. Ella no se sentía suficientemente fuerte para hacer lo correcto. Pero por él, sí que lo haría.

SEGUNDA PARTE

Capítulo 20

Había veces en que Terete miraba a su hermana y se sentía tan lejos de ella que no podía comprender cómo decían que los gemelos solían llevarse tan bien. Había leído novelas maravillosas en que los dos hermanos se entendían con solo una mirada, se guardaban confidencias, eran cómplices en multitud de acciones y, aun estando lejos, si a uno le pasaba algún dolor físico, de algún modo, el otro lo sentía también. Había leído en prensa casos de gemelos que se habían enamorado de gemelas, que vestían igual, que iban con la misma gente y que vivían el mismo estilo de vida.

Sin embargo, Marta y ella, excepto por el físico, no se parecían en nada más.

Habían tenido una infancia relativamente difícil, aunque acomodada. Su madre, que se había quedado embarazada pasados los cuarenta, no había podido sobrevivir al parto y su padre, roto de dolor, se había dedicado casi exclusivamente al trabajo, las había dejado a cargo de una niñera del pueblo que, aunque las había querido y no las había tratado mal, no había podido suplir de ninguna manera la falta de cariño parental con la que habían ido creciendo.

Podrían haberse vuelto la una hacia la otra, pero lo cierto es que a Marta siempre le había molestado tener una hermana gemela. Desde que Terete podía recordar, se quejaba si las vestían igual, si su hermana le copiaba las actividades, le acusaba de seguirla a todas partes y aseguraba que no tenía ganas de estar mirándose todo el día en el espejo. Para eso, terminaba tajante, «ya tengo uno en mi cuarto y otro en el baño». Le molestaba que la gente del pueblo las confundiese, así que ponía todos sus esfuerzos en parecerse lo menos posible a su hermana en su manera de actuar, de vestir y de peinarse. Y a pesar de no permitirle, de ninguna manera, tomar parte en sus asuntos, tampoco quería saber nada de la vida de su hermana, que era objeto constante de su crítica. Los amigos de Terete solían ser su tema de conversación preferido en casa, sacando a colación, siempre que podía, actos reprobables o que ella misma engordaba de manera que hasta su padre, generalmente ajeno al día a día de sus hijas, solía intervenir para solicitar a Terete que se andase con ojo de con quién se juntaba. En otras ocasiones, se dedicaba a hacer críticas mordaces sobre la pandilla de Terete —y críticas tan dañinas como certeras—, mientras que la gente con la que ella se codeaba era siempre maravillosa, divertida y con clase. Aunque Terete podía aceptar que sus amistades tenían defectos y no siempre hacían todo bien —nadie era perfecto, al fin y al cabo— notaba también los defectos de los amigos de su hermana, sin embargo, se negaba a entrar en una batalla campal para atacarles, a pesar del ejercicio de paciencia que le suponía no hacerlo. Pero todo aquello le hacía sufrir más de lo que quería demostrar.

Como muchas de las personas que padecían la falta de amor de un ser querido, buscaba en su propia persona las respuestas. ¿Qué había mal en ella para que su única hermana no la quisiera? ¿Es que no iban a poder llevarse bien, sin discutir, como hacían todos los días?

Su padre no era de gran ayuda, pues no quería líos, y las pocas veces que Terete se hartaba y entraba en batalla con su hermana, las mandaba callar a las dos, como si la culpa fuera a partes iguales.

Habían sido educadas en una serie de valores conservadores, ya que vivían en una pedanía cercana a Ávila donde se practicaba la forma de vida tranquila y tradicional. Sin embargo, a Marta todo aquello le ahogaba. Miraba a su alrededor y le parecía, como dice el refrán, que todos los demás pastos eran más verdes que el suyo.

Su padre que, aunque estaba poco en casa, parecía comprender la insatisfacción de su hija, consentía en que le acompañara cuando tenía viajes de negocios a Madrid, Barcelona o Sevilla, con la esperanza de ayudarla a salir del aburrimiento y hastío con los que miraba su alrededor. Marta volvía feliz, hablando de las ciudades que había visto, de los hoteles en los que habían dormido y de la comida que habían tomado. Y siempre había un chico.

La vida de Marta no parecía entretenida si, ya desde muy pequeña, no había un chico alrededor. El hijo del portero del colegio, uno de los botones del hotel, el hermano de una amiga, el primo de otra... Si había un chico en un kilómetro a la redonda, ella lo localizaba y aunque, sobre todo en los primeros años, no pasaba nunca de besitos y de hacer manitas, siempre eran historias enfervorecidas y conllevaban desórdenes en casa. Se escapaba para ir a verle; iba a una discoteca donde sabía que iba a estar, a pesar de no tener edad para ello; mentía diciendo que dormiría en casa de una amiga cuando en realidad iba a pasar la noche despierta de fiesta; escondía ropa provocativa, que su padre no le consentía vestir, en el buzón del portal para ponérsela al salir de casa; fumaba y bebía bastante, llegando a casa borracha más de una vez en que Terete tuvo que guardarle el secreto.

Marta se había dado cuenta de que, si hacía partícipe de sus planes a Terete, su hermana se sentía absurdamente emocionada por ello, pensando que por fin tenía la amiga y confidente que siempre había añorado tener. No se daba cuenta de que Marta simplemente la usaba, temporalmente, porque requería de su silencio y complicidad. La compraba a base de adularla, dándole nada más que migajas, para que ella estuviera de su lado. Lo que le hubiera a Terete dolido saber que su hermana, en el fondo, la despreciaba.

Las diferencias pasaban también por la forma que tenían de pasar el tiempo. Marta necesitaba siempre salir para pasarlo bien. La casa se le caía encima. Le daba igual con qué amigas o pandilla con tal de divertirse y, por ello, cambiaba de amistades y de pandillas en función de los planes que a ella le parecían más divertidos, los chicos más guapos y el poder adquisitivo más alto. A Terete le admiraba la facilidad con la que hacía nuevas amigas, mientras enfadaba, dolidas por el abandono, a las de toda la vida, y cómo volvía a recuperarlas cuando le venía bien.

Por su parte, Terete disfrutaba merendando con una amiga en casa, leyendo o viendo películas. Le encantaba el cine y le encantaban las novelas. Se había leído prácticamente todas las que había por su casa y su padre ya sabía que un libro era el regalo preferido. Aunque le gustaba bailar, prefería salir de bares, donde tenía largas conversaciones y debates con su pandilla de amigos, más que el ruido de las discotecas, donde le sobraban horas cuando iba.

A Marta le encantaba la ropa, estaba constantemente al día de lo que se llevaba y los complementos a la moda. Compraba y desechaba prendas siempre que conseguía ahorrar y embaucaba a su padre para ir de tiendas o para que le prestase dinero, quejándose de que no tenía qué ponerse y negándose a adquirir nada que no fuera de marca.

Y si Terete —que no encontraba ninguna satisfacción en acompañarles a comprar, porque ni se le daba bien, ni sabía muy bien lo que quería— se cogía para su armario lo que Marta había desdeñado con tanto desprecio el día anterior, se montaba tal pollo en casa que no merecía la pena volverlo a hacer. Marta antes quemaba la ropa que permitir que la usara su hermana. Solo la idea de que su gemela llevara algo que ya había usado ella, le hacía enfermar.

Sin embargo, a Terete no le parecía justo. Su padre era, al fin y al cabo, quien compraba la ropa y si su hermana de verdad ya no lo iba a usar, ¿por qué no iba a poder cogerlo ella y darle un uso?

Para Terete era muy duro comprobar que Marta prefería dejarle ropa a una amiga que a su propia hermana.

Como Terete, con la adolescencia y el cambio hormonal, engordó un poquito de cara, se le redondearon las caderas y le salió más pecho que a Marta, esta se regodeaba en decirle que daba asco cómo se estaba poniendo, que era una gorda asquerosa, que dejase de comer tanto como comía y que hiciese como hacía ella, que se cuidaba.

«Se come para vivir, no se vive para comer», le repetía constantemente con aquel tono de superioridad.

Terete, que se daba cuenta de que estaba engordando en verdad, sin embargo, no era capaz de bajar la cabeza ante su hermana, simplemente por orgullo, y si se había servido una magdalena para merendar, aposta cogía otra y soportaba la merienda, ya sin ganas en absoluto, aguantando la lengua viperina de su hermana sobre su aspecto.

Por eso, tanto las películas con final feliz, como las novelas que tuvieran algo de romance, eran lo que más le gustaba del mundo. No solo la entretenían, sino que ponían orden en su maltrecho mundo. Los personajes buenos, que sembraban buenas acciones, por muchas vicisitudes que pasaran, acababan triunfando, encontrando el amor de su vida y, con él, la felicidad absoluta, y los malvados, quedaban solos y deprimidos en justo pago por sus malas acciones.

Ella no deseaba el mal para su hermana, por supuesto que no, ni siquiera un final infeliz, pero sí que deseaba una de esas conversiones que les permitieran a las dos tener por fin un acercamiento sincero. Creía firmemente que si Marta tan solo la quisiera un poco, podrían tener una convivencia educada y pacífica y hasta con detalles cariñosos la una hacia la otra. Pero nunca llegó a comprobarlo.

Cuando las dos hermanas estaban a punto de terminar bachillerato, su padre falleció repentinamente de un infarto.

Terete, que tenía clara su vocación dedicada a la enseñanza, se había matriculado en el doble grado de infantil y primaria de Magisterio en la Universidad Pública de Ávila, a la que tardaba menos de cuarenta minutos de bicicleta en llegar. Marta, por su parte, sin piedad por los gastos que supondría para su padre pagar un colegio mayor, piso o residencia, había insistido en estudiar Derecho, a pesar de que no tenía vocación de abogada —ni, al parecer, de nada—, en Madrid.

La muerte de su padre cambió los planes de Marta, que se vio con una pequeña herencia, ya que dividieron lo que había en dinero entre las dos, bajo acuerdo de volver a dividir lo que obtuvieran tras vender la casa familiar.

Al dolor de Terete, para quien la marcha de su progenitor había supuesto una tragedia difícilmente superable, se sumó la pena de darse cuenta de que, para su hermana, la muerte de su padre había supuesto una mayor libertad y una bonita suma para comenzar una nueva vida.

Capítulo 21

Las hermanas solo volvieron a verse cuando consiguieron un comprador para el piso familiar y firmaron juntas ante notario. A pesar de que Marta estuvo encantadora, Terete no pudo por menos que afligirse porque su hermana criticara la sencillez con la que vestía, unos vaqueros y un jersey, mientras le explicaba entusiasmada lo maravilloso que era Madrid y la vida tan interesante que llevaba entre compañeros de facultad y nuevos amigos que iba conociendo. Se quejó de su pueblo natal, de lo cateto que lo veía todo en comparación con la capital y, aunque Terete le pidió que se quedara a dormir con ella y pasaran unos días juntas, se negó en rotundo.

Terete llenó el vacío de su nueva vida en solitario con sus amigas de toda la vida, sus estudios y, para poder conservar como ahorros lo heredado de sus padres, trabajando.

Ayudaba en un horno que había adquirido cierta fama a nivel nacional por su brazo de yema tostada y al que acudía a primerísima hora de la mañana, antes de las clases. Además, las tardes del viernes y el sábado, era dependienta en una tienda de ropa de una importante cadena que había abierto una bolsa de trabajo específica para jóvenes estudiantes. Aunque finalizaba el día molida, se conformaba pensando que, si quería tener una vida, el trabajo era uno de los ejes primordiales, ya que nadie se iba a preocupar de sacarla adelante.

Unos meses después de la firma de la venta de la casa, Marta volvió a aparecer. De repente y sin avisar entró como clienta en la pastelería, dando una alegría enorme a su gemela. Manchada de harina, con el gorro y el mandil decorado con los logos del repostero, salió a abrazar a su hermana que se apartó de ella, sonriendo, excusando que la iba a manchar.

Le pidió que desayunara con ella al acabar allí. Terete asintió, aunque ya había almorzado y aunque tenía interés especial en atender una clase donde iban a explicar una práctica, pero no quería que su hermana se fuera sin estar las dos juntas al menos un rato.

Marta le contó las maravillas de su vida. Le habló del nuevo chico con el que salía y que era absolutamente un príncipe azul. De hecho, había venido acompañándole porque él tenía una reunión de trabajo. Sí, trabajo. No, no era un estudiante. Era algo mayor que ellas. De hecho, le encantaría presentárselo y le invitó a acompañarles a comer en un afamado restaurante del centro.

A Terete le emocionó el asunto. En su corazón romántico fantaseó que por fin su hermana había encontrado a su media naranja y quién sabía si sería para siempre. La vio casada y la vio con niños y se vio a ella misma como la tía estupenda que les compraba regalos y les mimaba y a la que sus sobrinos adoraban.

Para su decepción, el novio de Marta no le gustó nada. Llegó a buscarlas en un Audi último modelo, impolutamente trajeteado y, por la forma de hablar con la patata en la boca, Terete dedujo acertadamente que pertenecía a la clase alta. Sin embargo, lo encontró mayorcísimo. Sí, Marta ya le había dicho que era mayor, pero es que aquel hombre debía pasar con mucho los treinta, si no estaba ya en los cuarenta. Podría ser su padre, ¡caramba!

Comieron los tres en Bococo, un buen restaurante especializado en carnes y mariscos. Aunque Terete hizo amago de pagarse al menos lo suyo, le gustó que el tal Francisco las invitara.

Fue cuando tomaban una copa en La Oca cuando Marta le dijo:

—Por cierto, que el sábado he quedado a comer con Paloma, Belén y Sandra —le informó, dándole nombres de amigas suyas de Ávila—. Como ahora viven todas también en Madrid, así podemos ponernos al día. ¿Por qué no te vienes a pasar el día conmigo, te quedas a dormir y pasamos un fin de semana juntas y, de paso, las ves a todas? —le cogió de las manos al hacerlo y la miró con ojos confiados.

Terete nunca había sabido resistirse a los avances de su hermana. Luego siempre acababa recibiendo una decepción al confiar, pero con cada nueva ocasión esperaba que esa vez iba a ser diferente. Además, tampoco veía qué podría sacar su hermana de provecho al invitarla a pasar un fin de semana y le hacía ilusión que hubiera una relación amistosa entre las dos. Quizá ahora que salía con un hombre mayor había madurado en ese aspecto y quería instaurar nuevos modos de relacionarse. Aceptó y se despidieron todos con grandes abrazos y la promesa del fin de semana juntas.

Para ir a Madrid, Terete cogió el autobús al mediodía calculando que llegaría a tiempo para la comida. Habían quedado, según le explicó Marta, en La Paloma, un exquisito restaurante en el barrio de Salamanca especializado en comida vasca. Cuando, una vez en el autobús, Marta le informó con un wasap que eran 45 euros el menú, Terete casi se arrepintió de haber dicho que iba y se quedó con la atemorizada incógnita de cuánto iba a gastarse en aquel fin de semana en la capital. Se dijo que todo compensaba por reunirse las hermanas. Era una gozada que no solo Marta quisiera estar con ella, sino que la invitara a un plan con sus amigas abulenses.

El ratito de antes que llegó, se dedicó a dar un paseo. Era un placer andar por las calles madrileñas, ver las tiendas de Serrano, los escaparates, y se le salían los ojos de las órbitas cuando veía los precios. Llegó al fin la hora de la comida y se sintió un tanto cateta cuando las amigas de su hermana fueron llegando vestidas todas bastante más modernas que ella con sus simples vaqueros y una chaqueta que a ella siempre le había parecido maravillosa. Era azul marino, de hombros estrechos y hacía una especie de volante con caída desde la cintura. Sus botines planos de ante pasaban desapercibidos ante los sofisticados tacones de las amigas de Marta. Le encantó que todas parecieran realmente contentas de verla.

Aquellas mujeres la habían visto crecer y aunque nunca había tenido oportunidad de ser su amiga, habían venido alguna vez por su casa y Ávila era tan pequeña que se conocían de siempre. Se sintió a gusto con ellas.

Se pidieron un aperitivo mientras esperaban a

Marta. Y aunque todas eligieron bebidas alcohóli-
cas, Terete prefirió una coca-cola.

El lugar se fue llenando lentamente y Marta seguía sin aparecer. Una de sus amigas, Sandra, le
puso un mensaje y al ratito la llamó Belén por teléfono, sin conseguir dar con ella.

Por fin, les llegó a todas un mensaje: «Llego tarde, empezad sin mí».

Comieron todas entre risas y puestas al día. La
que más preguntas recibió fue Terete, a la que hacía más tiempo que no veían.

Sin embargo, y a pesar de encontrarse aceptada
por la pandilla de su hermana, algo que siempre le
había parecido impensable, Terete no podía quitarse de la cabeza dónde estaría Marta. El mensaje
no aclaraba nada, ya andaban por el postre y ella
seguía sin aparecer.

Un nuevo grupo entró al comedor, todas mujeres también, elegantemente vestidas y con bolsos
de Loewe y Louis Vuitton. Eran unos diez años mayores y parecían recién salidas de la peluquería. Dos
de ellas, se la quedaron mirando con gesto altivo y
Terete sintió, inexplicablemente, que la odiaban.

Se encogió internamente de hombros. No la conocían de nada. Era imposible que la odiaran y
seguramente tenían ese gesto altivo con todo el
mundo. Pensó que estas señoras debían ser tan
tontas como las famosas que miraban a los demás
por encima del hombro. No le dio mayor importancia.

Leles fue la primera en despedirse tras el café y
Terete llamó a su hermana un par de veces más.
Estaba ya extremadamente preocupada.

Al final, se había quedado sola con Sandra
cuando Marta las llamó.

—No te enfades, Terete —le pidió su hermana—, pero es que estoy de viaje con Francisco en Londres.

—¿Pero, cómo... por qué...?

—Tenía un viaje de trabajo y yo me he venido a acompañarle. —La voz de Marta sonaba alegre, cómplice, como si no hubiera cometido una tropelía—. ¿Tenéis una mesa cerca con un montón de señoras, verdad? —le preguntó dando el tema por zanjado—. ¿Ninguna de ellas se ha acercado a saludarte? —siguió, cuando su hermana le dijo que sí.

—No, ¿por qué?

—Verás, una de ellas, la rubia de bote. —Terete miró hacia la mesa—. No, no mires ahora. —Le ordenó su hermana—. Es la mujer de Francisco y queríamos que me viera a mí en el comedor para que no sospeche que estábamos los dos juntos. Es que Francisco sospecha que la muy zorra le ha puesto un detective privado. ¡No sabes qué lío! Hemos cogido aviones diferentes para venir y todo.

Terete se sintió horrorizada. Se acababa de enterar que Francisco era un hombre casado, su hermana acababa de soltárselo, y delante de su amiga Sandra, como si nada y, encima, reconocía que le había hecho venir a Madrid para que le sirviera de coartada.

Malhumorada, herida y decepcionada, colgó el teléfono incapaz de seguir escuchando las satisfechas explicaciones de su hermana.

—¡Joe con tu hermana! —le dijo Sandra divertida—. ¡La tía es una *crack*!

Terete la miró. ¿Es que a ella no le importaba?

—No me mires así, Terete, y perdona si soy demasiado franca. Yo de tu hermana hace tiempo que no me espero nada. Mi concepto de la amistad difiere del suyo. Hoy he venido porque tenía ganas de verte y porque en el fondo, le tengo cariño. Después de todo, somos compañeras de toda la vida. Si te veía a ti también, pues fenomenal. Y yo creo que tu hermana se ha valido de eso para juntarnos a todas y para traerte, porque sabía que si no, tú no hubieras venido y, si solo hubiera quedado con ella, al no aparecer, te hubieras marchado y la esposa no te hubiera visto. ¡Una *crack* la tía, insisto!

Terete se levantó con piernas temblorosas y se despidió triste de Sandra, que le aconsejó que no juzgase a su hermana, que cada uno tenía que hacer en la vida lo que el corazón le dictase y que nadie tenía derecho a meterse en lo que pasaba en un matrimonio.

No, pensó Terete, nadie tenía derecho en verdad, ni siquiera una amante.

Notó en su nuca los ojos de la rubia de bote, como le había llamado Marta, y se giró. La encontró mirándola y Terete se sintió sucia. Podía entender ahora el gesto de odio que le dirigió al entrar, si de verdad sospechaba que ella era la que se acostaba con su marido.

Cuando se dirigió de vuelta hacia la estación Sur de autobuses, pensaba en su hermana. El enfado porque había jugado con ella, porque sabía que Terete no se iba a prestar voluntariamente al encubrimiento, porque le había engañado, porque además había elegido el asqueroso papel de amante, se mezclaba con la tristeza y la autocompasión por la nueva esperanza truncada de que su hermana y ella pudieran ser amigas nunca.

Se juró no volverse a fiar nunca de ella.

Capítulo 22

Pasó tiempo sin que las hermanas volvieran a verse.

No hubo ningún intento por parte de Marta de arreglar las cosas, ni de disculparse, después de todo ya había conseguido lo que necesitaba de su gemela y Terete, entre el trabajo y los estudios, no tenía tiempo —ni quería— pensar en ella, aunque cuando lo hacía, no dejaba de sentirse culpable: tener una hermana y no querer saber nada de ella, ¿en qué papel la dejaba aquello?

Se sentía mala persona. Envidiaba las grandes familias a su alrededor, aquellas donde todos los miembros respetaban las decisiones de los demás sin importar si estaban de acuerdo y no entendía por qué ella no era capaz de disculpar a su hermana y pasar juntas un buen rato. Quiso pensar que en todas aquellas familias en las que todo parecía ir bien, habría al menos el respeto de no engañarse unos a otros porque si no, no entendía cómo podían hacerlo.

Sin embargo, lloró a mares cuando se enteró de que Marta se había casado y no solo no se lo había dicho, sino que no la había invitado a la boda, ni a conocer a su marido... Quiso llamar para arreglar las cosas, pero temiendo ser rechazada, se limitó a escribirle unos estudiados mensajes por WhatsApp en los que le pedía perdón por todo, le solicitaba que reanudasen de algún modo su fallida relación y que trataran de funcionar como una familia.

Pero, aunque Marta le contestaba a los wasaps, lo hacía de manera muy mecánica y no parecía querer quedar.

Terete, cuando se acordaba de su hermana, se extrañaba de pensar que tenía un cuñado del que no sabía nada. ¿Qué tipo de persona y qué tipo de relación tenía con Marta? ¿Quién era el hombre que había conseguido que ella sentara la cabeza? ¿No le había llamado la atención que su esposa no invitara a su gemela a la boda? Probablemente, pensó disgustada, Marta la habría criticado... o, aunque le parecía improbable, igual no había dicho nada de que ella existiera.

¿Cómo sería él? ¿Le hacía feliz? Y ella, ¿le hacía feliz a él? Esperaba sinceramente que así fuera.

Capítulo 23

Jaime conoció a Marta en una de las macrofiestas que solía dar su hermana Pilar. Durante toda su joven vida, había sido más bien tranquilo, estudioso, buen amigo de sus amigos y, una vez que acabó la carrera, muy trabajador.

Por un golpe de suerte, o en su humildad así le gustaba llamarlo a él, ya que poseía un enorme talento, acabó haciéndose de oro tras meses de intenso trabajo y de duras negociaciones nada menos que con Microsoft. Había vendido una aplicación relativamente relacionada con la arquitectura, ya que había diseñado una manera de organizar espacios con muebles que ya existían en tiendas al alcance de todos los presupuestos. La *app* había tenido un éxito arrollador no solo en EEUU, sino también en Europa, e incluso tiendas que al principio no estaban en el proyecto acabaron participando compartiendo sus diseños, de tal modo que al desarrollarse el formato vip, también había vuelto a cobrar millones por los derechos.

La borrachera del éxito reciente y la insistencia de su madre y su hermana le habían convencido para asistir, impregnado de cierto triunfalismo, al encuentro de aquella noche.

Sin embargo, al escaso rato de haber saludado e intercambiado lugares comunes, se había cansado, como le solía pasar, dado que él prefería las reuniones más íntimas con pocos amigos donde de verdad podía relajarse y compartir un rato entrañable.

Decidido a escaquearse un momento, se dirigió con su copa de ron con cola en la mano hacia uno de los balcones de su casa familiar que daba sobre la calle Príncipe de Vergara y, apoyado sobre la barandilla, se contentó con mirar al tráfico discurrir, así como a los viandantes.

Desde muy pequeño le había encantado mirar por las ventanas. Era uno de los pequeños placeres que se obtenían del aburrimiento casero, cuando no había tanta *tele* ni videojuegos como ahora.

Recordó en ese momento los viajes a Bilbao a casa de su abuela paterna, donde se sentaba junto a ella mirando por un amplio ventanal que daba a la Plaza de Campuzano. Entre el frecuente ir y venir de los paseantes, su abuela solía comentar, con un fuerte acento vasco: «Se conoce que este va a misa», «Aquel vuelve ahora de la compra con el carro», «Parece que ese ya salió de trabajar por hoy». Sonrió al recordar a la extraordinaria mujer al tiempo que un ruido le hacía volverse.

—¡Ups! No sabía que había alguien aquí. ¡Perdona! —interrumpió una voz femenina sus recuerdos.

Educadamente, se incorporó y se quedó embobado con lo que vio.

La desconocida, vestida con un traje de finos tirantes que destacaban un delgado y elegante cuello, llevaba el pelo peinado con suaves tirabuzones que rodeaban un rostro de tez de alabastro de simetrías perfectas, con unos labios semiabiertos en una tímida sonrisa pintada de rojo pasión.

—¡Adelante! —contestó Jaime cuando recuperó el habla—. Cabemos los dos de sobra.

Se hizo a un lado y observó cómo ella se acercaba hacia él y se inclinaba sobre la barandilla.

Tuvo el estúpido impulso de sujetarla, como si fuera una niña pequeña y se sorprendió del absurdo instinto protector que le había surgido ante aquella desconocida salida de la nada.

—¡Vaya vista más entretenida! —murmuró—. Imagino que durante el día habrá mucho más ruido que ahora.

—Llevan doble cerramiento las ventanas —le informó Jaime como si importase.

—¡Ah! —aceptó la explicación—. Por cierto, soy Marta.

Él asintió. No se atrevió ni a darle dos besos y romper así la visión que tenía de ella, enmarcada contra el fondo de la calle.

—Yo soy Jaime.

—¿Conoces desde hace mucho a Pilar? —le preguntó ella por la anfitriona.

—Desde que nació. Soy su hermano mayor.

—¿También vives aquí?

Jaime negó. Acababa de adquirir lo que había sido uno de sus sueños, el Palacio del Marqués de Taurisano, en la calle Modesto Lafuente. Disfrutaba enormemente con los trabajos de remodelación que había diseñado respetando tanto la magnífica arquitectura del edificio, como el enclave que le rodeaba que, con el paso de los años, había sido sustituido por altos edificios de pisos de viviendas. La casa, ahora, era su mayor pasatiempo y su pasión, tanto que, aun con obreros, se había emperrado en instalarse en la habitación más alta, en la torre cuadrada que ofrecía el empaque definitivo a la fachada.

—Yo también vivo en el barrio de Chamberí. Ahora está muy de moda toda la zona de bares de Ponzano, ¿no? —preguntó Marta sin explayarse y reconocer que utilizaba, de vez en cuando, el cochambroso sofá cama que le dejaba usar su eterno amigo Elías, a cambio de algún que otro acueste esporádico. El piso, un tugurio a pie de calle, con las ventanas de barrotes, por las que solo se veían pasar las piernas de los andantes, era de otros dos hombres más, y la limpieza de sus pequeñas y anticuadas instalaciones no era mejor que la de un establo. Sin embargo, Elías le permitía tener su ropa y sus efectos personales en una especie de trastero que había tras una puerta con candado en el patio interior.

—Vivo relativamente cerca —y sin saber por qué, Jaime empezó a explicarle sobre su casa.

En ningún momento fue consciente del brillo especulativo en los ojos de Marta, solo de su sonriente asentimiento y, ante lo que le pareció genuino interés, se extendió describiendo el proyecto que tenía pensado.

Marta fue la que sugirió que le encantaría verlo y Jaime se hinchó de orgullo cuando, al día siguiente, le mostró ilusionado la obra que estaba haciendo.

Desde aquel momento, fueron los dos uña y carne, viéndose todos los días.

Marta supeditó rápidamente su agenda a la de su nuevo objetivo. Adulaba su ego, le toqueteaba con suaves insinuaciones y se dejaba querer.

Jaime, recién liberado tras años de arduo trabajo y de centrarse en su carrera, se mostró como un niño ante una tienda de golosinas.

Disfrutaba viendo cómo Marta gozaba cuando la llevaba a los mejores restaurantes, cuando la sorprendía con pequeños regalos que Marta recibía con exagerado agradecimiento.

Encontró normal invitarla a vivir con él cuando ella le confesó, abrumada, que tenía que buscarse otro apartamento, ya que su compañera se iba y no iba a poder con los gastos ella sola. Había sido precisamente idea de Elías que, siguiendo muy interesado el proceso de la relación de Marta, se había percatado de las posibilidades de que su amiga, por fin, consiguiera enredar a alguien con dinero.

Aunque la madre y la hermana de Jaime parecieron recibir con recelo a la joven novia, el arquitecto lo achacó a simples celos femeninos. Toda la vida le habían insistido en que sentara la cabeza, en que se buscase una buena chica. Y ahora que les traía a una, se mostraban distantes y precavidas, en lugar de lo emocionadas que, según Jaime, deberían estar.

A él, Marta le volvía loco. Quizá había conocido a mujeres más guapas, pero ninguna le había acelerado el corazón con una sola mirada, ni le había puesto a cien solo con tocarle. Le volvía loco por su sensualidad y era consciente de que jamás se había sentido tan sexualmente atraído por una mujer.

Cuando su madre se quejó una vez, en una rara ocasión en que Pilar y ella fueron a visitarlo y lo encontraron solo, de que no era la adecuada, Jaime explotó:

—¿No era esto lo que llevas años queriendo? ¿Que me case y te dé nietos?

—Sí, que te cases, ¡no que te traigas a vivir a una fulana a tu casa!

—¡Cuidado, mamá!

—¿Acaso no la estás manteniendo? —se arriesgó a seguir Luisa, decidida a poner a su hijo frente al espejo, aun doliéndole que fuera delante de Pilar—.

¿Crees que no me doy cuenta de que vive de ti desde el primer día que te conoció? Y dice Pilar que antes no era una compañera de piso lo que tenía, sino otro benefactor, lógicamente menos adinerado que tú.

Pilar asintió, impactada por el tono, nunca antes visto, que se estaban dirigiendo su madre y su hermano, pero no queriendo faltar a la verdad.

La rabia, mezclada con la vergüenza y el oprobio de que su madre le cuestionase, ofuscaron la razón de Jaime.

—¿Necesitas un matrimonio para que te parezca entonces bien que ella viva de mí?

—¡No seas absurdo! ¿No irás a casarte con ella?

—¿No es eso lo que esperas de mí?

—Sí, pero con alguien que sea tu igual.

—¡Mi igual! —Jaime se levantó exasperado—. ¿Quién es mi igual? ¿La hija de Elena y Andrés? ¿La amiga de Pilar que está estudiando Arquitectura?

Como su madre iba a decir algo, la interrumpió con un gesto:

—Pues, o es una boda con Marta, o no habrá boda jamás.

—Eres tonto, Jaime —se atrevió a intervenir su hermana—. No te das cuenta de que esa mujer no es buena para ti, pero tampoco creo que lo sea para nadie.

A causa del enfado, ninguno de los presentes fue consciente de que Marta había llegado y escuchado el final de la conversación, escondida al pie de la escalera. Y tampoco de que, aunque molesta por la amonestación de Pilar, el corazón se le había acelerado al oír hablar de boda provocando en su rostro una sonrisa triunfante.

Capítulo 24

Aquella misma tarde, la propia Marta quiso aprovechar el altercado familiar en su beneficio. Estaba harta de que Elías se metiese con ella acusándola de no ser capaz de cazar a ninguno de sus ricos amantes. «Si no te ponen un anillo, los regalitos que te van dando no servirán más que para pagar un par de meses de alquiler después de que te hayan dado la patada», le decía con su sonrisa de superioridad.

Simulando no darse cuenta del gesto de mal humor con que Jaime la recibió cuando fingió entrar de nuevas por la puerta cuando vio salir a Luisa toda enfurecida, lo primero que hizo fue dirigirse hacia él, rodearle con sus brazos y estamparle un acalorado beso en la boca que los dejó a los dos anhelantes.

—¡Hola! —le ronroneó, todavía enganchada a él y dirigiendo sus manos por su torso en dirección a los pantalones.

—¡Hola! —dijo Jaime cogiéndola en brazos cual Rhett Butler a Escarlata O´Hara y subiéndola al dormitorio.

Y fue mientras estaban los dos tumbados,

tranquilos tras la pasión, cuando Marta le dijo suavemente.

—Hoy he estado viendo apartamentos para irme.

La caricia de Jaime, deslizándose perezosamente por la espalda desnuda de ella, se interrumpió. Y, ante su silencio, Marta se incorporó sobre un codo.

—He encontrado uno en Fernández de la Hoz que no está mal y está cerca.

—¿No estás a gusto aquí?

Las obras estaban ya casi finalizadas y solo quedaba ir amueblando las estancias. Pero ya no era un caos aquello, lleno de albañiles y de polvo.

—Sabes que sí. —Y sin pudor alguno se incorporó sentada, mostrando toda su esplendorosa belleza—. Pero no puedo seguir aquí eternamente.

—¿Por qué no? —Jaime realizaba arduos esfuerzos por mirarla a los ojos y la idea de no tenerla a mano, precisamente en aquel momento, le parecía un asco.

Marta le miró fijamente, logrando que sus ojos se empañaran.

—No puedo depender de ti para todo. No solo no está bien, sino que no debo imponerme así contigo. Podemos continuar con lo nuestro —dejó que el silencio asentara lo que acababa de decir—, pero no quiero seguir dando que hablar. —Arqueó una ceja, como si supiera que él sabía.

—¿Alguien te ha dicho algo? —Se irguió él ahora, recordando la discusión con su madre.

—No directamente. —Y bajando la vista logró que una lágrima le rodara por la cara. Se la quitó rápidamente, simulando rabia—. Y no hay más que ver que tu hermana y su novio van a esperar a casarse para convivir...

—Pues casémonos nosotros también —le dijo Jaime que, aunque tras estar con su madre había relegado el matrimonio de su mente, ya que lo había dicho por cabezonería más que otra cosa, le volvió a parecer buena idea.

A sus treinta y tres años de vida, nunca había estado enamorado y ahora que vivía con Marta, no veía el matrimonio como un cambio tan radical como lo había considerado anteriormente.

Marta tuvo que mantener la vista baja un buen rato antes de poder mirarle, para ocultar su sonrisa de satisfacción.

—¿Lo dices en serio?

—Totalmente. —¿Qué mal podría hacerle, pensó Jaime, si ya estaban viviendo juntos y no les iba nada mal?

Cuando sellaron el compromiso con otro húmedo beso, Marta se regocijaba pensando en la cara que pondría Elías cuando se enterase. No podía esperar a decírselo.

Jaime salió de la cama consciente de que acababa de dar un giro de ciento ochenta grados a su vida. Se aferró a la idea de que, aun con la boda de por medio, las cosas seguirían igual. Nada tenía por qué cambiar. Nada tenía por qué ir mal, se tranquilizaba pensando.

Capítulo 25

Nada podía ir peor, o al menos a Jaime no se le ocurría cómo. Desde la boda, Marta se había convertido en la mujer pesadilla.

Cualquier incidencia en el viaje de novios, que con tanta ilusión habían preparado los dos, por pequeña que fuera, desataba diatribas interminables contra las aerolíneas, si se trataba de un retraso; contra los botones, si se trataba del servicio de habitaciones; contra los camareros, si no caían en la cuenta de rellenar su copa vacía; o contra los dependientes de las tiendas, si no había algún género de su talla.

El único momento en que Marta parecía gozar era cuando hacían el amor, y Jaime, lamentablemente, había dejado de disfrutarlo como antes, ya que se había convertido, repentinamente, en un mero intercambio de placer, sin la complicidad y buena armonía anteriores.

Esperaba con ansia el fin de la luna de miel y se distraía pensando si sería algo común en los recién casados o sería el único al que le pasaba. Estaba deseando volver a su casa, a la rutina que tan bien parecía haberles funcionado anteriormente. Había dejado ya perfectamente contratado al servicio y deseaba fervientemente su nueva vida en la casa de sus sueños, ya terminada y ya en funcionamiento, con la mujer de su vida.

Ninguno de los dos recién casados se esperaba la fiesta sorpresa que, de incógnito, les había organizado Pilar a su vuelta a casa.

Cansados, tras un retraso de más de cinco horas en el aeropuerto de vuelta desde Dubai, donde habían pasado los tres últimos días de su viaje, en cuanto traspasaron las puertas de la casa con las bolsas de mano, seguidos de Graciela, la casera, y de Mariano, el chófer, con las maletas, salieron al vestíbulo, desde el salón, una veintena de amigos, primos, Pilar y su madre con pancartas, gritos de bienvenida y serpentinas.

Antes de que les diera tiempo a reaccionar, los recién casados estaban cubiertos de besos y abrazos y fueron llevados al salón donde brillaban los globos y las guirnaldas y había una suculenta cena fría dispuesta sobre la mesa.

Todos querían saber de su viaje y pronto se organizaron animados corrillos.

No fue hasta pasado un buen rato que Jaime empezó a echar de menos a Marta.

Al principio, supuso que estaría en el baño y no se preocupó, pero al seguir sin verla al cabo de otro interludio, comenzó a buscarla.

La encontró en el dormitorio, en el inmenso vestidor, rodeada de ropa y maletas, sacando unos Manolo Blahnik, que había comprado en Milán, de su caja.

—¿Qué haces, Marta?

—Ya no aguanto más abajo y alguien tiene que deshacer el equipaje —le contestó sin volverse, observando cómo quedaban los zapatos en el estante junto a los demás.

—Déjalo, ya lo deshará Graciela.

—¿Graciela? ¿La que está abajo venga a sacar copas limpias y a recoger ceniceros llenos?

Jaime estaba tan cansado que no tenía fuerzas para discutir.

—Pues lo hará luego. No te preocupes.

—No pienso bajar. —Y enfrentándole por fin, tiró al suelo una pashmina de cachemir—. Estoy cansada, no entiendo como tú no lo estás. Lo que más me apetece es un baño de espuma y dormir un día entero seguido, no estar sonriendo a toda la panda de imbéciles que están abajo.

—La panda de imbéciles nos vamos ya. —Sonó desde la puerta del dormitorio, detrás de ella, la voz de Nacho del Álamo, el primo favorito de Jaime. Lo dijo con una sonrisa pícara. Era policía y veía cada día suficientes cosas como para que el ser incluido bajo la denominación de imbécil pudiera afectarle lo más mínimo. Lo sintió por su primo, pero achacó la discusión de la pareja al cansancio del viaje.

Jaime iba a reírse a carcajadas, pero le frenó la cara encendida en llamas de su mujer.

—¿Te parece gracioso?

Se encogió de hombros y se rascó la oreja mientras hacía una mueca.

—Acabo de llamar imbéciles a todos los de abajo y él lo ha escuchado —gesticuló furiosa mientras se peleaba con una percha.

—Y no va a decir nada. Mi primo, a pesar de haber sido insultado, no es imbécil. Sabe que estamos cansados y no se va a tomar esto como algo personal.

Marta se encogió de hombros.

—En verdad me da igual todo. —Y se mostró tan abatida que Jaime se compadeció de ella y se acercó a estrecharla en sus brazos.

—Ven aquí. —Se asombró al darse cuenta de que no experimentaba por ella ninguno de sus anteriores sentimientos. La mujer que tenía entre sus brazos le daba cierta lástima. A pesar de la decepción que había supuesto para él el viaje de novios con ella, le daba pena que no pudiera, o no supiera, disfrutar de tanto como le rodeaba.

La cogió entre sus brazos como si fuera una niña y comenzó a acariciarle la espalda en círculos.

—Date ese baño y acuéstate. Yo les despediré y diré la verdad, que estás muerta de cansancio. Nadie se lo va a tomar a mal. —Le dio un beso en la coronilla dándose cuenta de que no tenía ninguna gana de estar con ella.

Hacía tan solo dos semanas la posibilidad de poder bañarse con ella hubiera sido suficiente para hacerle olvidar todo lo demás.

Decidió no darle vueltas y achacar todo al cansancio. Mientras abandonaba el dormitorio y bajaba a atender a sus invitados, esperó que aquellas sensaciones pasaran pronto.

Capítulo 26

Jaime dedicaba más horas al trabajo que nunca. Recuperó el tiempo perdido en aquellos primeros días de su relación en los que Marta le había obnubilado. Con la calma de un hombre acostumbrado a aceptar las cosas como vienen en la vida, analizó con serenidad y se dio cuenta de que con su esposa había padecido lo que comúnmente suele llamarse «un encaprichamiento» y no había a nadie a quien echarle la culpa más que a sí mismo.

No era el primer hombre al que le pasaba y por cierto que no sería el único.

Vinieron a su cabeza las palabras de aquel anciano, amigo de Osorio, del cuento *Los vientos* de Vargas Llosa: «Fue un enamoramiento violento y pasajero, una de esas locuras que revientan una vida. Por hacer lo que hice, mi vida se reventó y ya nunca más fui feliz» y se sintió plenamente identificado con el personaje, excepto por las ventosidades, claro.

Él, decidido a salir de su soltería empedernida, animado por su triunfo profesional, por haber podido adquirir el Palacio del Marqués de Taurisano, y deseoso de poner la guinda al pastel con una mujer y un perro, había caído entusiasmado en los brazos de Marta.

Si la mujer no era lo que él esperaba, no podía decir que no le habían avisado. Las señales habían estado allí.

Si algo enseñan la literatura y el buen cine es que ningún personaje sale de la nada. Sin padre, sin parientes, sin pasado y sin futuro, tal y como Marta había aparecido, tendría que haberle hecho sonar todas las alarmas.

Él se había «colgado» de una cara bonita acompañada, eso sí, de una mujer completamente decidida a lo que tradicionalmente se había resumido en «pescarle». Jaime podía ver el cuadro con absoluta clarividencia y también con calma.

«Fue un enamoramiento de la pichula, no del corazón», que diría el Premio Nobel.

A lo hecho, pecho.

Tenía una mujer hermosa en su cama y en su casa a diario, y aunque no iba a ser la compañera soñada, podría lidiar con ello. No estaba en su carácter dejarse llevar por el pesimismo.

Sin embargo, las circunstancias volvieron a demostrarle que estaba menospreciando la realidad de la situación.

Capítulo 27

Desde que Marta había escuchado a su cuñada Pilar hablar mal de ella junto a su madre, a pesar de que fueron precisamente las críticas de las dos mujeres las que dieron a Jaime el empujón que necesitaba para pensar en el matrimonio, no conseguía —ni lo intentaba—, perdonarla.

Su cuñada era, según su punto de vista, una mujer caprichosa y mimada acostumbrada a que su madre y su hermano le rieran la gracia y a salirse con la suya. Pero ella no. Aunque ahora, desgraciadamente, también formaba parte de esa familia, Marta no tenía la paciencia de tolerarle las simplezas que su madre y su hermano sí.

La muy patética de Pilar se había echado un novio con pinta de más pavo que ella porque claro, ¿quién, si no, iba a poder aguantarla?

La pareja se estaba arreglando un piso en la calle Claudio Coello y, dado que se hablaba con naturalidad de matrimonio, Pilar se pasaba la vida por las tiendas de muebles y decoración comprando virguerías.

Como la simpleza de su vida era tal, su horario

y agenda eran un libro abierto, lo que le permitió a Marta preparar su venganza.

Ya había comprobado que Enrique, el susodicho novio, se prestaba al flirteo con ella sin reparo y Marta suponía acertadamente que si no iba a más no era porque estuviese cegado por su cuñada, no, sino porque estaba seguro de que Marta estaba fuera de su liga, como así era en verdad.

Se había dado cuenta, además, de cómo Pilar le lanzaba miradas asesinas cuando en las reuniones Marta hacía con él algún aparte.

La muy ingenua de su cuñada pensaba que cuando Enrique era algo incorrecto (lo que para Pilar era incorrecto, claro), la culpa era de Marta. ¡Qué mentalidad tan diminuta y tan machista! De sobra sabía Marta que un hombre de verdad sabía sujetar sus pasiones. Eran pocos, cierto. Pero los había. Y, desde luego, Enrique no era uno de ellos. Y esa era su baza.

Aquella tarde en que todos habían quedado en cenar en la nueva casa de la pareja, entró en el piso de Claudio Coello con el aliento entrecortado y pidiendo disculpas por llegar tarde, pero adelantándose con creces a la hora de la cita.

—Bueno, Marta, no te preocupes. Habíamos quedado a las nueve, no a las siete.

—¿En serio? —Marta le miró fingiendo sorpresa y algo de incredulidad—. Pero ¿qué me dices? —Y haciendo un ademán de agotamiento, preguntó—: ¿Me puedo sentar?

Se dejó caer lánguidamente en el sofá sin esperar respuesta.

—Me apunté mal la hora. —Resopló con fuerza como si hubiera corrido una maratón.

—¿Quieres algo de beber? ¿Un poco de agua?

—La educación innata de Enrique salió inmediatamente a flote.

—Sí, por favor. Agua. —Se quitó un pañuelo que llevaba al cuello y que desveló la camisa con los botones superiores desabrochados más de la cuenta—. No quería que Pilar pensara que no tenía interés en conocer el piso. —Y con malicia, y como en confidencia añadió—: Ya sabes que no soy santo de su devoción. —E hizo un puchero.

No hizo falta que Enrique le confirmara, pero él, galante, trató de desmentir.

—No digas eso. Eres su cuñada.

—Y ella preferiría que no lo fuera.

—No es verdad. —Ante el temor a decir algo más, Enrique salió hacia la cocina.

Volvió con un vaso de agua, de cristal portugués, en una bandeja de plata con servilleta de hilo bordada.

A pesar de llevar un tiempo codeándose con todos ellos, a Marta todavía le llamaba la atención la pulcritud de la clase alta. Hasta el hombre más despistado, jamás servía unas patatas de aperitivo en la bolsa, sino en un cuenco, o una bebida sin su posavasos. Imaginó que había que crecer mamándolo para interiorizarlo así.

Aprovechó el momento en que Enrique se inclinaba sobre la mesa de centro para depositar la bandeja y cruzó con obviedad, pero elegantemente, las piernas. La falda que llevaba, obediente, se subió a la altura de los muslos. Sabía lo que él estaba viendo, pues se había preparado a conciencia.

Le vio tragar saliva y mirar para otro lado y cuando Marta comenzó a pensar que iba a ser honesto, vio cómo sus ojos volvían a ella y a la blusa abierta mostrando el encaje del sujetador. De algún modo, quizá iba a decirle algo, pero el hecho es que la mano de él, obrando por cuenta propia, se dirigió a la blusa como si fuera a cerrarla. Y Marta, que no pensaba consentirlo, solo tuvo que dirigirle la mano con la suya hacia el pecho. Echando aire por la nariz de tal manera que a Marta le recordó a un toro, la mano se quedó ahí macerando. Cuando sus ojos se encontraron, Enrique ya estaba inclinando su rostro hacia el de ella buscándole los labios.

No hizo falta esperar mucho para que Pilar entrara y los viera, tal como Marta sabía que iba a suceder. Pendiente como estaba, en cuanto oyó la llave en la puerta, contó hasta diez mientras Enrique trataba de meterle la lengua en la garganta y entonces le empujó.

—Te estoy diciendo que no. Déjame —le gritó con voz trémula.

Por un momento, a Marta casi le inspiró lástima Enrique y temió echarse a reír al percatarse de que él todavía no había notado que Pilar estaba allí y la miraba con cara de no comprender nada. Pero no se echó a reír, se jugaba mucho, así que siguió con su papel.

Procuró que su voz temblara mientras se alejaba de él:

—¡No me toques!

Entonces fingió darse cuenta en ese momento de la presencia de Pilar.

—¡Pilar! —Hizo amago de ir hacia ella, como buscando su protección.

—¡Pili! —Oyó que le decía a su espalda Enrique, fijándose por fin en que no estaban solos.

Marta no debía ni podía escuchar más. Sabía lo que Pilar estaba viendo: la camisa abierta, el sujetador removido y los labios enrojecidos.

—Pilar, lo siento tanto... —se alegró de que se le humedecieran los ojos—, pero no me puedo quedar aquí ni un segundo más —hizo una pausa dramática, se llevó las manos, temblorosas a los labios y salió de la casa corriendo con aire de víctima.

El dichoso episodio entre Enrique y Marta fue un duro golpe para la familia Palma. Antes siquiera de haber visto a su esposa, Jaime ya había recibido de urgencia a su madre y a su hermana, que se personaron en su despacho de la calle Orense. Mientras las escuchaba, y se lamentaba y le hervía la sangre por el dolor causado a su hermana, su mente paralelamente consideraba con frialdad que si fuera un amante esposo, le partiría la cara al imbécil de Enrique. Quería partírsela, sí, pero por Pilar, no por Marta. Pero él no se sentía capaz de ir a pedir explicaciones a otro hombre por lo que había hecho su mujer.

Sospechaba, con acierto, que su queridísima mujer había sabido engatusar al pobre demonio. No le justificaba. Jamás le justificaría por muy elaborada que hubiera estado la encerrona de Marta.

Podía poner a Marta de patitas en la calle. Era lo que le apetecía hacer. Miró a su madre y a su hermana, que seguían comentando lo ocurrido, con cierto nerviosismo la primera y bastante llanto la segunda.

—¡No se lo voy a perdonar jamás! ¡Jamás! Marta me ha destrozado la vida.

Curioso, pensó Jaime con cierto despecho, que la más ofendida en el caso fuera su hermana cuando, gracias a Marta, se había librado de casarse con un hombre infiel.

—Deberías darle las gracias —le dijo, siguiendo su lógica de pensamiento.

—¿Darle las gracias?

—Te ha salvado de casarte con un hombre que no te hubiera sabido ser fiel. Mejor enterarte antes, cuando todavía hay remedio, que después.

Su madre pareció mostrar su acuerdo mientras Pilar volvía a llorar amargamente.

—No puedo soportarla. ¡Lo ha engatusado!

—Puede ser, pero él se ha dejado engatusar.

No fue hasta que Pilar se fue un momento al baño que su madre se ocupó de él.

—¿Por qué no estás enfadado ni dolido?

—¿Por qué iba a estarlo? Poco cambia esto lo que ya sé de mi mujer.

Su madre lo miró con asombro. No pensaba que Jaime estuviera ya tan desencantado.

—No es la primera vez, deduzco entonces.

Jaime no quería hablar de los supuestos adulterios de Marta y menos con su madre. Así que se calló.

—¿Y vas a seguir así?

—No, probablemente esto me sirva para pedirle la separación. Quizás incluso la nulidad. No parece que Marta se haya tomado nunca muy en serio sus votos matrimoniales. —Se encogió de hombros. La verdad es que le daba igual. Estaba con un proyecto que le interesaba profesionalmente y que le llamaba más la atención que seguir con el aburrido tema en cuestión.

—¡Qué frío te has vuelto, Jaime! Nunca pensé que serías así.

—¿Decepcionada?

Su madre negó.

—Preocupada, más bien. No puede ser que no sientas nada.

—Supongo que en relación a Marta ya he sentido todo lo que tenía que sentir. Deberías estar contenta. Al final se ha cumplido tu profecía. Me extraña que no salgas con el «te lo dije».

Molesta, Luisa le dijo:

—No creía ser tan cruel. La verdad.

—Perdona, mamá. Pero ¿qué quieres que te diga? Tenías razón. No me tenía que haber casado con ella. Lo hice. Y ahora tendremos que enfrentarnos a las consecuencias. Sigo pensando que lo de hoy es lo mejor que le podría haber pasado a Pilar. Lo cual no quita que odio cada momento de lo que ha hecho mi mujer.

—¡Hijo mío!

Fue lo único que supo decir Luisa. Qué duro era haber elegido mal a la compañera de vida. Cuánto había temido que pasara esto. Y, efectivamente, como Jaime decía, menos mal que con Enrique se habían dado cuenta antes de la boda.

En aquel momento Pilar regresó. Tenía los ojos rojos y manchas en la cara, pero se notaba que se había lavado y tratado de recomponer el rostro.

—No pienso echar una lágrima más por ese imbécil —dijo con tono duro y orgulloso—. Voy a salir con mis amigas y a emborracharme. ¿Quieres que te lleve a casa de camino, mamá?

Luisa miró dudosa a su hijo.

—Marchaos. Yo, aunque os parezca raro, voy a terminar el trabajo que tengo pendiente y luego ya veré qué hablo con Marta —y ante la mirada atónita de las mujeres, añadió—: Y os tendré informadas, no os preocupéis.

—¿Serás capaz de quedarte aquí trabajando todavía un par de horas más?

—Supongo que puedes entender que no tengo ninguna gana de enfrentarme a Marta. Y mucho menos de darle vueltas a que un imbécil de tres al cuarto ha hecho llorar a mi hermana y considerar ir y darle una paliza. Así que sí, prefiero distraerme trabajando.

Y se quedó, mucho más de su horario habitual. Tal y como había dicho, no tenía ninguna gana de ir a su casa. Su casa, la casa que con tanto cariño y orgullo había convertido en su hogar, era el lugar del mundo donde menos le apetecía estar.

Era ya de madrugada cuando llegó. Al meter la llave en la cerradura le saltó el labrador a las piernas con el entusiasmo que le caracterizaba. Se agachó a abrazarle y a dejarse besar por él como si hiciera una eternidad que no se hubieran visto en lugar de tan solo unas horas y, como ya era tradición entre los dos, le permitió que le siguiera a la cocina donde le dio una galleta.

Con cansancio subió las escaleras hasta la planta superior y, con suavidad, abrió la puerta del dormitorio. Le sorprendió la luz encendida de varios focos del techo y de las lámparas de las mesillas, a pesar de estar la estancia vacía. ¿Dónde estaría Marta? El resto de la casa estaba a oscuras y no delataba la presencia de nadie.

Justo en aquel momento oyó la puerta de la casa.

Su mujer, preocupada por lo que había hecho, no aguardaba compungida a que su marido llegara y ver qué tenía que decirle, no. Su mujer, a pesar de la que había liado, había salido a divertirse. ¡Cómo no!

La oyó subir.

Le gustó que por un momento, al verle allí a él en su cuarto, su rostro, tan hermoso como malvado, mostrara cierto temor.

—¿De dónde vienes?

—He salido a tomar algo —le contestó evitando mirarle a la cara.

—Y a algo más, según me han contado.

—Imagino la versión que te habrán dado tu madre y tu hermana, pero no es cierta. Ellas siempre han pensado lo peor de mí. Desde el principio. ¡Fue él quien se propasó conmigo! Y si tu hermana Pilar no estuviera ciega con él, sabría interpretar lo que vio. ¡Le tuve que parar los pies y lo hice estando presente tu hermana!

Un relámpago de rabia cruzó el gesto malhumorado de Jaime.

—¿Quieres entonces que llame a Nacho para que vengan de comisaría y pongas una denuncia? —le preguntó sabiendo que la cobarde con quien se había casado no llegaría tan lejos.

—No quiero armar un follón de todo esto.

—Muy loable por tu parte —le contestó Jaime que casi se parte de risa delante de ella—. Pues entonces es hora de que nos divorciemos y terminemos con todo este sinsentido de una vez.

Y aquello fue lo último coherente que Jaime pudo decir toda vez que Marta se volvió histérica, alegando que ella no contemplaba el divorcio bajo ningún concepto, que no se lo perdonaría en la vida, suplicándole que no le echara de casa... Y con cada histriónico chillido, con cada frase, con cada gesto amenazante, Jaime podía sentir cómo la cadena con la que él mismo se había atado a aquella mujer, se endurecía y la toleró como justo precio por haber tenido tan mal juicio.

TERCERA PARTE

Capítulo 28

Jaime dio por terminada la noche en cuanto los primeros rayos de sol se filtraron por la ventana. No había pegado ojo en toda la noche porque había descubierto que la joven tendida a su lado no era su mujer, sino, seguramente, su hermana gemela y que probablemente había accedido a sustituirla con el único fin de engañarle a él.

Había otro hecho ineludible: se había enamorado de ella. Así que tenía prisa por saber, por conocer toda la verdad. Ella había parecido buena todo este tiempo, ¿podría ser que fuera como Marta y que el accidente la hubiera cambiado?

Con sigilo se levantó de la cama, entró en su despacho y marcó el teléfono de su primo.

—Jaime, precisamente iba a llamarte. Estaba esperando que se hiciera una hora más decente para hacerlo.

—Bueno, yo no me he podido aguantar. Tengo novedades.

—Yo también. Me gustaría ir a verte.

—Verás, Nacho, dado lo que acabo de descubrir, prefiero que lo hablemos ya, aunque sea por teléfono.

—¿Qué sabes? —le preguntó entonces comprendiendo que lo de Jaime también era importante.

—La mujer que hay en mi casa no es Marta.

El comisario suspiró.

—No, no lo es. ¿Cómo lo has sabido? ¿Ha recuperado la memoria?

Jaime dudó levemente. Ese hombre era además de policía, su mejor amigo y su primo.

—Ayer me acosté con ella. No lo había hecho antes. Marta y yo no estábamos bien antes del accidente. En fin... —dudó un momento, pero al final era tal el orgullo que sentía que no pudo dejar de admitir—: la mujer con la que me acosté ayer no podía ser Marta, porque la mujer que está en mi casa anoche era virgen.

El silencio se hizo largo al otro lado de la línea mientras su primo consideraba las implicaciones de lo que Jaime le había contado.

—Te has enamorado otra vez... —Había derrota en la declaración del comisario.

—Hasta los huesos —admitió. Y la sonrisa que se formó en sus labios era tan intensa que pensó que se le rompería la cara.

—Escucha, Jaime, prefería contarte todo esto cara a cara, pero no me dejas más opción. ¿Recuerdas que los técnicos examinaron el móvil de Marta? Bien. Han podido acceder a conversaciones borradas de su WhatsApp. No te adelanto nada si te digo que ya sabías que tu mujer tonteaba hasta con el portero.

No, Jaime no se sorprendía.

—Pero hay más. Efectivamente hay una mujer físicamente igual que ella. Es su hermana. Su hermana gemela. Se llama Teresa.

Teresa. Jaime paladeó el nombre en su cabeza.

Le pegaba Teresa, decidió.

—La llaman Terete.

Jaime lo repitió mentalmente. Terete le gustaba más. Le iba. Era como ella, pequeña, vulnerable, amigable, cercana. Sí, le gustaba. Pensó en la alegría de Terete cuando le dijera que ya tenía su nombre y su identidad verdadera.

—Escucha, Jaime. —El comisario continuaba compartiendo sus pesquisas—. Al parecer, Marta había convencido a Terete para que la sustituyera aquí, en su vida, mientras ella se iba con Elías.

—¿Cómo?

—Lo siento. —El comisario era consciente del batacazo, pero tenía que cumplir con su deber.

—Por las conversaciones que han recuperado los de la unidad de informática, las dos hermanas habían quedado la noche del accidente en vuestra casa de la sierra. Allí habrían hecho el intercambio para que Terete se hiciera pasar por Marta y siguiera con su vida y ella y Elías tenían dos billetes sacados en un transatlántico. Se iban de crucero, Jaime.

Jaime resopló.

—¿Y Terete se iba a prestar a sustituir a su hermana? —preguntó, todavía deseando que los hechos refutasen lo obvio.

—Creemos que sí. Si no, ¿para qué fue a vuestra a casa de la sierra?

Jaime se negaba a aceptarlo.

—Y ¿por qué iba Terete en el coche con Elías?, y ¿dónde está Marta ahora?

Nacho guardó silencio sopesando si compartir sus sospechas de que la esposa de su primo podía estar muerta:

—Queremos ir a tu casa de la sierra a echar un vistazo. No sé cómo no se nos ha ocurrido antes, pero en ningún momento pensamos que los dos ocupantes del coche vinieran de allí, la verdad. Cuando tuvieron el accidente en la carretera, pensamos que habrían salido como solían por sitios de las afueras de la ciudad. Podría pedir la orden de registro, pero creo que iremos más rápido si das tú la autorización.

—Claro que la doy. Pero quiero ir con vosotros.

—No sabemos qué pasó, Jaime.

—Por eso mismo. Es mi mujer. Si Marta sigue allí o si ha dejado alguna pista de dónde está... quiero saberlo. Quiero saber por qué la que iba en el coche con Elías era Terete y no ella y quiero mirarla a la cara y que me diga que se iba a ir. ¡No puedo creerlo!

Y lo peor, se dio cuenta, era la rabia que empezaba bullir hacia Terete. ¿De verdad hubiera sido capaz de sustituir a su hermana y hacerse pasar por ella?

Se imaginó viviendo con Terete mientras esta se hacía pasar por Marta.

Ahora que sabía que eran dos mujeres distintas, pensaba que se hubiera dado cuenta, pero la verdad es que en todo este tiempo de la amnesia de Terete, nunca había pensado que pudiera ser otra persona.

La duda le asaltó. ¿Y si la pérdida de la memoria había sido parte del engaño? Era una excusa estupenda para poder hacer bien su papel sin meter la pata. ¿Qué mejor que una amnesia fingida para que cualquier cosa que fuera diferente a Marta se achacase a ese motivo?

No, se dijo. Para eso tendría que haber programado el accidente de coche... Se negó a pensar que aquello también era una mentira.

—Vamos ahora, Nacho. Cuanto antes, mejor.

—Como quieras —accedió su primo dándose cuenta del dolor que escondían sus palabras.

Antes de salir, Jaime sopesó si despertar a Terete y avisarla, pero al final decidió que prefería adivinar toda la verdad antes de volver a mirarla a la cara.

Informó a Graciela que volvería pronto y le solicitó que cuidara de la señora.

Ya habría tiempo, se dijo, de dar explicaciones.

Capítulo 29

Terete se desperezó y al recordar la noche pasada se ruborizó. ¿Quién hubiera dicho que la pasión podía ser así?

Intentó buscar un ápice de remordimiento en su interior, pero no lo consiguió. Es verdad que una vez que habían descubierto que ella no era Marta, no deberían haber vuelto a hacer el amor, pero había sido algo tan natural en aquel momento pasarse la noche amándose, que no lo había considerado hasta ahora. Y ahora... no, tampoco podía arrepentirse. Jaime había logrado que fuera perfecto y era algo que ella había deseado desde hacía tiempo.

A la luz, aunque grisácea, de esa mañana nublada, Terete se daba cuenta de que una vez descubierta su impostura deberían haber finalizado su acercamiento. Después de todo, no solo Jaime estaba casado, ¡es que estaba casado con su hermana!

¡Su hermana! ¡Tenía una hermana! Una hermana gemela. Pero ¿dónde estaba esa hermana ahora? ¿Qué estaba haciendo? ¿Con quién? ¿Por qué no había contactado en todo este tiempo?

Se sintió fatal al pensar que se había enamorado de su cuñado. Pero es que estar en los brazos de

Jaime, después de estos meses creyéndose su mujer, le había parecido lo más natural del mundo.

¿Por qué Jaime no sabía de su existencia? ¿Cómo no conocía que su mujer tenía una hermana gemela? ¿Podría haber otra respuesta? Pero ¿qué otra explicación había para dos personas idénticas?

Aquello daba otra pista acerca de la terrible personalidad de Marta, que había ocultado la existencia de Terete a su propio marido, como había ocultado mil cosas más.

Suspirando, la joven se removió inquieta en la cama. No era capaz de seguir allí divagando, se iba a volver loca.

Salió de la cama y se puso la bata por encima. La tormenta comenzó justo cuando abandonó la habitación en busca de su marido.

No, se corrigió. En busca de su marido, no. Jaime no era suyo. Sintió una gran pérdida al pensarlo. Pero los dos debían hacer lo correcto. No se pertenecían. Él pertenecía a otra mujer, a la que había que encontrar sin falta.

Los primeros truenos y relámpagos se dejaron oír y ver mientras bajaba al comedor del desayuno. Olía a café recién hecho, pero no había signo de Jaime por ningún lado.

Llamó a Graciela, quien le informó de que Jaime había salido.

—¿A trabajar? —se atrevió a preguntar Terete compungida.

—Creo que no. Creo que le recogió el primo Ignacio.

Terete asintió encontrándolo lógico. Jaime le habría contado las novedades. Mientras se preparaba una tostada de aguacate y salmón ahumado y bebía su coca-cola cero, comprendió que Jaime le había tenido que contar cómo se había enterado de que ella no era Marta y no pudo por menos que ruborizarse. ¡Qué vergüenza!

Otro relámpago la hizo estremecerse.

Thor vino a saludarla moviendo la cola como un loco.

Como la propia Graciela ya le había regañado varias veces para que no maleducara al perro dándole de comer, no se le ocurrió más que decirle que esperara. Terminó a toda prisa su desayuno, pues tampoco tenía hambre, para consentir al perro a escondidas.

Thor, listo como él solo, esperó paciente, sentado muy tieso a su lado, sin quitarle la vista de encima.

Después de conseguir pasarle algo de contrabando, se dirigió a cambiarse decidida a esperar a Jaime para hablar de su situación y de lo que iban a hacer.

Tenía que afrontar la realidad: ella no podía seguir viviendo ahí como su mujer. Debían averiguar dónde vivía y a qué se dedicaba antes del accidente.

La imagen de una casa apareció ante ella y desapareció tan rápido como había venido. ¿Podía ser su hogar?

Apretó los puños al darse cuenta de que la imagen se le había escapado. Se recomendó no ponerse nerviosa. La médico siempre había insistido en la importancia de estar calmada, de no perder el control. La memoria, si volvía, lo haría a su ritmo. No se la podía acelerar.

Estaba terminando de ponerse unos pantalones de pana y un jersey de cuello vuelto cuando Graciela le avisó que había visita.

—Es el señor Carlos Quirón.

Terete puso cara de susto. Sabía quién era aquel hombre. El hombre que había perdido a su hijo, según él, a causa de la maldad de Marta, pues se había suicidado. El hombre que la acusó de haber abortado y de haber tenido relaciones íntimas con él y con su hijo.

Sintió una náusea subirle desde el estómago y volvió a lamentar el desayuno que había tomado tan despreocupadamente.

—No es la primera vez que viene —le recordó Graciela, creyendo comprender la timidez de su señora—. Usted le ha recibido muchas veces antes, no se apure.

Terete asintió. Total, ¿qué podría pasarle por volverle a escuchar? En el fondo, aquel hombre era digno de lástima. Y él no podía saber que ella no era la misma, pero ella ahora sí que lo sabía y podía enfrentarse con la tranquilidad de que él no podía acusarla de nada.

Se armó de valor y bajó dispuesta a ver a Carlos, deseando que Jaime apareciera en cualquier momento.

Capítulo 30

Pues aquí estaba su mujer. Apenas reconocible, tras esos meses muerta, pero todavía ella.

De todas formas, le había dicho Nacho, contrastarían pruebas de ADN. Además, tendrían que hacerle una autopsia para saber el motivo de la muerte.

Allí encontraron también el bolso de Terete. En el armario de la entrada, junto a su abrigo, un *husky* azul marino con coderas. Su DNI, con su foto, en una cartera nada pretenciosa, con una tarjeta de crédito, sin carné de conducir —obviamente había venido en tren desde Ávila, lugar de nacimiento de las dos hermanas—.

Terete vivía todavía en Ávila, en la pedanía de la Aldea del Rey Niño.

No podía quitarse de la cabeza que había aceptado engañarle. Se había venido desde allí a Madrid para aceptar sustituir a su hermana, ¡ante él! ¡Que Dios lo amparase! ¿Era la Terete que él conocía capaz de aquello?

Quizá una Terete con memoria era igual de mala persona que su mujer. Quizá incluso ya lo habían hecho antes y él no se había dado ni cuenta.

Entonces recordó cómo Thor había recibido a Terete con la alegría con que recibía a todas las personas nuevas. Él no la había asociado a Marta. No la había reconocido como tal, porque a Marta, él jamás se hubiera acercado así.

Aquello le dio la tranquilidad de suponer acertadamente que, al menos, no había sido engañado con suplencias anteriores.

La casa de la sierra se había llenado de policías tomando muestras y pruebas.

Al ver cómo retiraban el maltrecho cuerpo de su esposa, Jaime se acercó. Le habían prohibido tocarla, y tuvo que aguantar las ganas de acariciarla por última vez.

No reconocía en aquel bulto de huesos y ropas a la imponente mujer que había sido.

Recordó, con ironía, las palabras del santo Francisco de Borja al ver a su amada reina en el ataúd: «Jamás volver a servir a señor que pueda morir». Y, como el duque de Gandía, Jaime se juró no volver a amar a mujer que le pudiera engañar.

Y allí, ante todo el equipo de la Policía, cayó de rodillas al suelo y se derrumbó.

Aquello era demasiado para poder soportarlo. Su mente era incapaz de afrontar que el cuerpo que se llevaban era el mismo de la mujer que le había hecho tan desgraciado, sí, pero con la que se había casado y que le había encandilado tan fuertemente.

Y ahora, su hermana gemela le había encandilado también. ¿Qué papel jugaba Terete en todo aquello?

Nacho vino en su socorro.

—Vamos fuera —le cogió de los codos y le ayudó a ponerse de pie—. Esto es demasiado para cualquiera.

Había un balancín blanco de madera en el porche, un antojo que a Jaime siempre le había gustado y allí le dirigió Nacho para que se sentara.

—¿Qué piensas, Jaime?

Negó con la cabeza.

—Me estoy lamiendo las heridas y dejándome llevar por la autocompasión.

Su primo, que le conocía de toda la vida, asintió comprendiendo.

—Chico, otra cosa no, pero interesante tu vida sí que es —dijo para intentar desdramatizar. Y pensando que, quizá, le distraería de sus miserias, le situó—: Jaime, creemos que Carlos estuvo aquí la noche en que murió Marta y fue donde amañó el coche para que no funcionaran los frenos. Pero, de algún modo, Marta murió antes y los que cogieron el coche sin frenos fueron Terete y Elías. Aunque lo confirmarán con la autopsia, parece que Marta ha muerto de un golpe en la cabeza. No es descabellado pensar que Carlos pudiera haberla empujado mientras discutían. Igual que hizo con Terete en la fiesta de Cote y Juan, al perder los papeles.

Jaime volvió a enardecerse al pensar en el susto que tuvo Terete. No había manera, se dijo. Daba igual lo que le hubiera hecho, se preocupaba por ella.

—Tiene una finca en Ciudad Real de casi quince mil hectáreas —siguió contando Nacho—. Creemos que anda escondido ahí. Los caseros le vieron llegar, pero están acostumbrados a que desaparezca por el monte. Tenemos a los del Seprona pendientes de localizarle, pero no hay muchas esperanzas. Aquel es su habitat. Si no quiere que le encontremos... no le vamos a encontrar.

Jaime sintió un ligero temor recorrerle la espalda.

—¿Y el coche?

—La teoría que manejamos es que aprovechando que se iba a ir de viaje con Elías, Marta citó aquí a su hermana y creemos que también a Carlos. Por algún mensaje borrado que hay con Elías, pretendía que su hermana se ocupase también del viejo... que Terete lo enfrentara mientras ella se encontraba lejos. No es descabellado pensar que él entrara aquí y le increpara. Y, o antes de entrar o al salir, le estropeara los frenos con la esperanza de que tuviera un accidente. Tanto si la mató aquí, como si podemos demostrar que manipuló el coche, sería culpable de dos asesinatos.

La tormenta que se estaba gestando y les venía persiguiendo desde Madrid, estalló justo en aquel momento y Jaime tuvo un mal presentimiento. ¿No llovía también a cántaros la noche en que murió Marta?

Capítulo 31

Carlos había tocado techo. Ya no aguantaba más. Y encima, el perseguido por la Policía, al que querían interrogar los secuaces del comisario que, además de familia de Jaime era su íntimo amigo, era él. ¡Él! ¡Aquello era el colmo! Se había tenido que esconder. ¡Él! Y llevaba casi un mes vagando por su finca como un fugitivo. Siempre le había gustado la vida en el campo, pero volviendo a una buena mesa con una gran chimenea, no así, mal-viviendo en la choza que había pertenecido hacía más de cincuenta años a los pastores, con sus sar-tenes de tres patas y sin luz ni agua corriente.

Y la muchacha, el demonio con forma de mujer, seguía mimada, entre joyas y pieles mientras él vi-vía como un fugitivo. ¡Se lo haría pagar!

No podía darle más pena Jaime, pero tampoco menos consideración. ¡Qué vergüenza que ese calzonazos siguiera creyendo a la mujer por en-cima de los hechos, de esos que todo el mundo sabía!

Es verdad que a él también le había engañado al principio. ¿Qué podía decir? Se habían chocado en la cafetería Kontiki, en la calle Zurbano, mientras ella llevaba una infusión. Dios sabe por qué portaba ella su taza en vez de esperar a que la atendiera un camarero, como hacía la gente decente. Probablemente porque había orquestado hacerse la encontradiza con él como lo hizo. Pero claro, a toro pasado es más fácil ver las cosas. Porque en ese momento, él había entrado al trapo.

Hacía tan solo medio año que se había quedado viudo y la soledad le embargaba. La joven, con la camisa blanca manchada de té, se había puesto a llorar. Tenía una entrevista de trabajo inmediatamente y no le iba a dar tiempo a cambiarse. No quería ponerle en ningún compromiso, ni le acusaba de nada, decía entre lágrimas. No se preocupe por mí, le repetía con aquellos enormes ojos que tenía con unas pestañas kilométricas. Claro. Y él había caído con todo el equipo. Su casa estaba ahí al lado. ¿Creía ella que con una camisa de caballero podrían arreglarlo?

No se le ocurrió ni pensar que, desde el momento en que entró a su casa, el reloj se detuvo y ella ya no tenía prisa por ir a ninguna entrevista. Tras la camisa, vino un jerez y tras el jerez, ella le tocaba la mano y la retiraba rápidamente, como si le hubiera podido el impulso y se arrepintiese de su espontaneidad.

Carlos negó con la cabeza. Había que reconocerle que sabía cómo hacerlo. Porque a pesar de ser una puta con todas las letras, mandaba todas las señales de inocencia.

Y ¡lo poco que tardó en dejarle por el tonto de Jaime! Fue él mismo quien la llevó aquella noche a la fiesta que había organizado Pilar. ¡Si hasta le había hablado del éxito del hermano de la anfitriona y le había desgranado la venta millonaria de una aplicación de móvil que había desarrollado!

Para una mujer como Marta, aquello fue como sacar un trapo rojo delante del toro. Y una vez en la fiesta, no se dio cuenta cuando los dos habían desaparecido juntos en el balcón, hasta que los vio despedirse. Aquella noche, ella ya fue diferente con él.

Y luego, aún casada con Jaime, ¿no se había acostado con el pobre de Daniel, su querido y débil hijo que, tras haber perdido a su madre, andaba desorientado y necesitado? ¡Se había aprovechado de él! Había jugado con él sin necesidad alguna, pues ya tenía un marido con posibles al que desangrar.

Marta lloraba sus patéticas tristezas: que Jaime le había recortado los gastos, que no le hacía caso, que se sentía muy sola. Se sabía, en los círculos más familiares, que el matrimonio estaba roto y que ella se postulaba al mejor pagador.

Y su hijo, al igual que él poco antes, también había caído. Para Daniel, lo podía imaginar, Marta había sido como agua en el desierto. Lo llevaba loco.

¡Qué asco le daba pensar que los dos habían sido víctimas de las garras de la misma mujer! ¡Qué rabia le producía recordar los regalos que ambos le habían hecho, el uno sin saber que también salía con el otro!

Y lo que nadie se esperaba es que Daniel la dejara embarazada y luego ella, sin vergüenza alguna, había aplastado esa nueva ilusión de su hijo diciéndole sin ambages que había abortado. Si iba a abortar, ¿qué necesidad tenía de haberle emocionado? ¡Qué ironía que el radio de acción de Marta había alcanzado no a una, sino a tres generaciones:

padre, hijo y nieto! Había destrozado a dos de ellos, pero Carlos no pensaba dejarlo pasar.

Tenía que haber un castigo para eso. No podía quedar indemne. No se puede jugar así con los sentimientos y las vidas de la gente y continuar como si nada.

Daniel no había podido soportarlo. Y ella lo sabía. Claro que sabía lo débil que era Daniel. Pero no le había importado. Despreciaba con indiferencia el daño que había hecho. Sabía que Daniel no estaba bien, pero ella había seguido a lo suyo sin preocuparse lo más mínimo. Había desoído las súplicas de su hijo y sus intentos de que volvieran a estar juntos. Y su joven y prometedor Daniel había buscado el olvido en las pastillas.

Todavía hoy sangraba su corazón al recordar.

Desde entonces había querido vengarse de ella, aunque no tenía muy claro cómo. Para un cazador como él, un tiro hubiera sido lo mejor y más rápido. Y con el paso del tiempo, se arrepentía de no haberlo hecho aquella noche en que encontró a su hijo muerto en la cama.

Y cuando, descompuesto de la rabia ya, habían quedado en la casa de la sierra, él iba rumiando la mejor manera de acabar con ella de una vez por todas. No podía seguir adelante con su vida sabiendo que ella era tan feliz.

Cuando llegó a la casa de la sierra y vio el coche aparcado fuera, decidió que él no tendría por qué acabar en la cárcel después de todo. Podía hacer que pareciera un accidente. Con la de curvas que tenía la carretera de vuelta a Madrid, si el coche perdía suficiente líquido de frenos, podía asegurarse con bastante probabilidad que Marta acabara matándose. Como buen hombre de monte, gustaba de portar siempre una navaja en el bolsillo. Sin nadie por aquella privada calle, se agachó bajo el coche. Localizó los latiguillos del freno, de goma reforzada con la malla de tela, y los pudo seccionar sin complicaciones. Y encima tenía la suerte de que empezó a llover. El agua arrastraría el líquido que saliera, sin dejar ni una sola prueba visible de lo que estaba haciendo.

Con lo que no había contado es con que Elías también estaría allí y se volvería con ella.

Recordó la reunión que tuvieron dentro de la casa... No sabía qué esperaba de ese encuentro, pero no se había podido resistir a verla una vez más. Quizá solo buscaba que ella pidiese perdón, que reconociera que había hecho mal. Quizá eso era todo lo que esperaba y necesitaba.

Marta le abrió la puerta y, como ya le pasaba últimamente cuando se veían, la máscara de candidez e inocencia que a ella le encantaba mostrar, estaba caída.

Se habían enzarzado en una pelea descomunal, hasta que él había perdido los nervios y la había empujado.

No pensaba. Simplemente estaba ciego. Ella se había burlado de su dolor. Se había encogido de hombros ante el recuerdo de la muerte de Daniel. Y había sonreído cuando le había echado en cara que hubiera abortado.

Por la cabeza de Carlos habían pasado los recuerdos de la intimidad que habían compartido y se habían mezclado con los que conservaba de su dulce esposa. Había manchado la memoria de su mujer con aquella zorra. Y para colmo de males, su hijo se había quitado la vida por no poder soportar el sufrimiento que ella le había ocasionado.

Rabioso, la empujó. Marta cayó bruscamente quedando absolutamente quieta en el suelo.

Él la miró. Comprobó que no se movía y no parecía respirar. No le importó. No lo pensó dos veces. Por lo que a él respectaba, ahí se quedaba. Nadie sabía que él había ido allí.

No fue hasta que ya había llegado a su casa, cuando se acordó del coche manipulado.

Pero, pensó tranquilamente, ¿quién iba a examinar un coche, si la fallecida simplemente se había caído, a todos los efectos, estando sola?

Y para cuando lo descubrieran... sería imposible ligarle a él con el coche.

Pero como sucedía con la mala hierba, ella no había muerto del empujón como él creía y tampoco había muerto en el accidente de coche. Tenía más vidas que los gatos callejeros y daba igual lo que sucediera, aparentemente, siempre caía de pie.

Ahora había vuelto a por ella, incapaz de resistirse. Si iba a tener que vivir como un fugitivo, al menos, iba a hacerlo con motivo y satisfacción.

La oyó bajar por las escaleras a la vez que un fuerte trueno resonó y lanzó destellos luminosos con sus rayos por toda la estancia, como premonición de que algo iba a suceder.

La suerte de Marta se iba a acabar de una vez por todas. No cabían los dos en el mismo planeta.

Era insostenible.

Capítulo 32

—Carlos, ¿cómo estás?

Ahí estaba, pensó su visitante, crítico con el aire inocente de ella.

—Pasaba por aquí —dijo con sorna.

—¿Quieres un café o un refresco? —le preguntó Terete, tratando de hacer caso omiso al gesto antipático y a la sorna de él.

—Estoy estupendamente —rechazó seco. Y mirándola con detenimiento, añadió—: La maldad te sienta bien. Estás, si cabe, más hermosa que nunca.

Terete se miró. Sus habituales vaqueros, un jersey dos tallas más grandes, calcetines gordos.

Suspiró.

—Ayer descubrimos Jaime y yo que no soy Marta. Que soy su hermana gemela.

Aquello hizo que Carlos se levantara de golpe del sofá en que acababa de dejarse caer.

—¡Qué oportuno para ti! ¿Y cómo ha podido pasar?

Terete se encogió de hombros, deseosa de que Jaime volviera pronto. Estaba deseando indagar en quién era ella y cómo había acabado en el coche con el amante habitual de su hermana y ¿dónde estaba su hermana, por amor de Dios?

—Seguimos sin saber nada. No sabemos dónde está Marta ni por qué iba yo en el coche con Elías. —Se encogió de hombros con tristeza—. Sigo sin acordarme de nada.

Carlos se la quedó mirando dubitativo, examinando sus facciones, buceando en ellas.

—¿Es verdad que no eres Marta? —preguntó, incrédulo todavía, pero empezando a aceptar.

Otro trueno volvió a sonar con amenazador estruendo. Terete se estremeció y, por un momento, el rostro irascible de Carlos ante ella, se mezcló en su mente con los recuerdos de los sueños que había tenido con él.

—Tú tuviste algo que ver —lo dijo con voz sorprendida—. Aquella noche —mencionó sin conseguir hilar del todo— también llovía y tú gritabas como un loco. —Su voz no era acusatoria, pues los recuerdos luchaban por abrirse paso en su memoria.

—¿Así que reconoces por fin que tú estabas allí?

—¿Dónde es allí? —preguntó Terete con sinceridad.

—En vuestra casa de la sierra. Tú estabas allí, ¿verdad? y dejaste a tu hermana allí tirada, ¿no es eso?

Una imagen de Marta, con los ojos cerrados contra un suelo de barro, le golpeó a la vez que un relámpago estalló.

—¡Dios mío! —dijo Terete.

—¿Qué? ¿Milagrosamente te está volviendo la memoria, zorra?

Terete le miró sin ver.

Efectivamente, los recuerdos llegaban como fotografías. Rápidos como el rayo.

Ella había estado luchando por convencer a Marta de que no debía abandonar a su marido y que mucho menos contase con ella para engañarle.

Había cogido un tren desde Ávila, con parada en el pueblo de la sierra y desde allí había andado hasta la casita donde Marta la había citado siguiendo obediente las indicaciones de la aplicación de Google Maps como guía.

El móvil y el bolso que todos habían creído que eran suyos, ¡no lo eran! Su bolso, con su móvil dentro, estaba en un armario donde había dejado también su abrigo al llegar a la casa de campo.

Marta le había presentado a Elías y ella había pensado que era guapísimo, pero también que sus ojos tenían una pincelada de dureza, de chico malo. Terete se sintió incómoda cuando él la miró. Demasiado cálculo y sorna en aquella mirada. Para Elías, todo aquello era un juego. Otra anécdota con la que pasar los ratos que componían su vida.

De algún modo, Terete sintió que aquel hombre no quería a Marta de verdad. Probablemente porque no le importaba nadie más que él. Ahora le apetecía irse con Marta y se iba. Pero mañana podría ser otra. Terete intuyó que no le pondría trabas si ella le proponía un plan mejor o más lucrativo.

Los dos se mostraron decididos a irse al crucero. Al parecer, lo había pagado un amigo de Marta, un tal Daniel, y los dos se habían mirado sonriendo cuando le habían comunicado que él ya no lo iba a usar. El hijo de Carlos, comprendió ahora Terete.

—Él creía que iba a casarse y a irse de viaje de novios, pero... —explicaba Marta mientras se encogía de hombros. Terete volvió a sentir el mismo o mayor rechazo que cuando les había escuchado por primera vez sabiendo ahora que Daniel se había suicidado.

—¿La novia le ha dejado? —había preguntado ella, inconsciente de la broma que se traían.

Tanto Elías como Marta se habían echado a reír y habían tratado de convencerla, sin contestar a su pregunta, de que les hiciera el favor. Si Terete ocupaba el lugar de su gemela, los dos podrían volver tras el crucero y recuperar su vida como si nunca se hubieran ido.

«Es solo un viaje de quince días», le había suplicado Marta. «No tienes ni que tener sexo con él», le había informado con tranquila frialdad. «Simplemente vivir una vida de lujo, como no la has vivido, ni la vivirás en tu vida», su hermana había pensado que con aquello podía tentarla.

Pero la discusión se había acabado con la llegada de Carlos.

Elías retuvo a Terete mientras Marta iba a abrir.

Nadie sabía que Marta tenía una hermana gemela, había recordado Terete mientras permanecía en la cocina con Elías vigilándola y les llegaban las voces de la espantosa pelea entre Marta y Carlos.

Con un nuevo trueno, rememoró los insultos que se lanzaron el uno al otro como latigazos, mientras ella soportaba estoica la mirada irónica de Elías, una mirada burlona que se reía de su inocencia y de su cara de espanto.

—Así es la vida, bebé —le había murmurado.

Y entonces el golpe y el silencio.

Habían esperado unos valiosos segundos para ir a mirar y ya Carlos había desaparecido.

Elías le anunció, tras tocar el cuello de Marta en busca de pulso con pasmosa frialdad:

—Está muerta.

Ella se había puesto histérica e insistía en llamar al 112. Pero Elías no estaba dispuesto a que lo vieran allí. Había cogido el bolso de su hermana, que estaba sobre la encimera de la cocina y había buscado en él las llaves del coche.

—Vamos. Vámonos de aquí. Ya pensaremos con calma qué hacer, pero vámonos.

La carretera había sido horrible mientras la lluvia caía como cubos de agua al ritmo de los sollozos de Terete que rogaba que fueran a la Policía a contar lo que había pasado.

—Cielo, te llevo a Madrid y si quieres tú allí ya avisas a quien quieras y cuentas lo que quieras, pero yo no he estado, ¿entiendes? Yo me voy de viaje como tenía pensado y desaparezco hasta que esto se aclare.

—Pero si no has hecho nada... —Terete se sorbió, mientras le rogaba hacer lo correcto.

Y entonces salieron volando. Y Terete vio cómo su puerta se abría al agarrarse ella a la manija y recordó cómo había salido despedida. Y de repente, todo se volvió negro.

La lluvia caía con fuerza, los repiques de las gotas sonando con fuerza contra los cristales del comedor de desayuno mientras Carlos la miraba recordar.

Respirando agitadamente, Terete volvió al momento en que se encontraba frente a Carlos, el asesino de su hermana.

Y entre todo aquel horror, una luz comenzó a encenderse en su corazón cuando recordó que había despertado en un hospital con el marido más maravilloso que nadie podría haber soñado.

¿Cómo podía Jaime haberse portado tan fenomenal con ella? ¿Cómo podía haberla velado en su inconsciencia con lo mala esposa que Marta había sido? ¿Por qué no la odiaba?

¡Oh, Dios mío! ¡Cuántas ganas tenía de ver a Jaime! ¡Cómo lo necesitaba! ¡Tenían tanto que aclarar!

—¿Se ha hecho la luz?

La voz de Carlos la sacó de su ensimismamiento.

Asintió y con voz queda repitió las palabras de él:

—Se ha hecho la luz.

—¡Levántate! —La cogió duramente por los brazos—. Por tu culpa y la de la puta de tu hermana tengo a la Policía dándome por culo. —La zarandeó bruscamente.

—¿Ad... adónde me quiere llevar?

—Ya lo verás.

En el *hall*, toparon con Graciela, que sin duda había oído el ruido.

Terete chilló:

—Llame a la Policía, Graciela, y localice a Jaime.

En aquel momento, Mariano, que había salido a pasear a Thor, entró con el perro corriendo a su lado, alertados por los gritos.

Entonces Carlos sacó la navaja del bolsillo y amenazó con ella el cuello de Terete.

—No le va a pasar nada si me dejáis que me la lleve. Os lo garantizo. Pero no os acerquéis porque entonces, no respondo.

El chófer levantó las manos y las enseñó en señal de rendimiento mientras forcejeaba con la correa de Thor que luchaba por lanzarse contra Carlos y ladraba como nunca lo habían oído ladrar antes.

—Contenga al perro, hombre, no vaya a ser que por los nervios le raje el cuello a su señora.

Las lágrimas rodaron del rostro compungido de Terete.

—Avisen al señor —insistió mientras Carlos la subía a un Range Rover verde oscuro. Los ladridos del perro eran lo único que le llegaba del exterior. Lanzó una asustada plegaria. Este hombre había matado a su hermana. ¿Qué iba a impedir que la matara a ella también?

Capítulo 33

Jaime se sentó en el coche a esperar a Nacho. Era incapaz de analizar su estado de ánimo. Había comenzado el día con ese sentimiento que ya había olvidado de rencor hacia su esposa por la que había liado, con esa amargura que se había acostumbrado a sentir y que había ido desapareciendo desde el accidente. Ahora estaba abatido. Mientras él había estado enamorándose de Terete, su esposa había yacido descomponiéndose en su casa de la sierra.

¿Por qué no se les había ocurrido venir a mirar aquí? ¿Cuánto no se habría solucionado si hubieran venido aquí? Y, sin embargo, no podía arrepentirse de haber conocido a Terete, de haberla creído su esposa, de haberse enamorado de ella. Este último tiempo con ella había sido más dichoso que en toda su vida. Ella le había hecho el hombre más feliz del mundo.

En un arranque de cansancio, había apagado el teléfono, absorbido por la realidad que le rodeaba y que no le permitía atender otras cosas. Tan solo había contactado con el seguro para organizar el tanatorio. Necesitaba pensar y no lo lograba, ya que las diferentes sensaciones le impedían razonar.

El rostro de Terete —curioso que diferenciara perfectamente en cuál de las dos hermanas estaba pensando— no cesaba de emerger ante él con su dulce candor.

Pero Marta también había parecido ser dulce y candorosa y no había rasgos más lejos de su personalidad que esos.

Se mesó los cabellos con cierta irritación y una gran dosis de cansancio.

¿Qué había pasado con su vida? ¿Cómo había llegado hasta allí?

Miró a través de las ventanas del coche. Su casa de la sierra estaba llena de policías que entraban y salían. Parecía un mundo irreal. Se sintió como la Alicia de Lewis Carroll. Descolocado.

Su matrimonio, y la desastrosa manera en que se había desarrollado, ya le parecían suficiente locura. Pero el accidente, la amnesia de la supuesta Marta, el descubrimiento de una hermana gemela, y ahora el cuerpo muerto de su mujer, eran demasiado para cualquiera.

—Vámonos. —Nacho entró en el coche y se sentó a su lado—. Imagino cómo estarás. No pienses ahora en nada, Jaime. No te eches nada en cara. —Parecía intuir el desastroso estado de ánimo de su primo—. No lo podíamos saber. Solo venís a esta casa en verano, era imposible pensar que Marta estaría aquí, habiendo aparecido ella en un coche con su amante. ¿Me oyes? No te atormentes, que te conozco.

Jaime le miró. Verdaderamente estaba ya echándose la culpa encima, como una losa con la que cargar voluntariamente y bajo la que desaparecer para el resto del mundo.

—Me veo incapaz de asumir todo esto —reconoció.

—Tendremos que hablar con Teresa. Hemos encontrado su bolso y su abrigo. Dentro estaba el móvil, que también inspeccionaremos. No sabemos qué grado de involucración tiene en todo esto y, de momento, es sospechosa.

En aquel momento sonó el teléfono de Nacho y Jaime recordó que había apagado el suyo para tener algo de tranquilidad. Lo encendió mientras su primo contestaba, pero la urgencia en la voz de él le hizo mirarle.

Su primo escuchaba a su interlocutor con una terrible cara de circunstancias. ¡Por amor de Dios! ¿Qué más podría pasar?

—Carlos. Ha aparecido por tu casa y se ha llevado a Teresa a punta de cuchillo. Tu chófer lo está siguiendo a prudente distancia. Parece que está saliendo de Madrid por la autovía de Andalucía. Creemos que vuelve a la finca —le dijo mientras ponía el coche en marcha.

Jaime se quedó helado.

—¡Vamos hacia allí! —Solo imaginar a Terete en compañía de aquel loco, le hizo temblar y se dio cuenta de que poco le importaba que la joven hubiera estado dispuesta a participar del engaño de la hermana. No se perdonaría que le pasara nada—. Pero ¿qué ha ocurrido?

Nacho se encogió de hombros mientras razonaba.

—Él no sabe que Marta está muerta. Debe creer que Teresa es Marta y seguirá con su idea de vengarse de ella, como ya intentó al manipular el coche la otra vez. —Miró a Jaime expresando lo obvio—. Odiaba a Marta y se ha convertido en una obsesión para él.

—Terete se lo puede decir. Terete no recuerda

nada, pero sabe que ella no es Marta. Puede decírselo.

Nacho se encogió de hombros.

—No sabemos si lo ha hecho y aun así él se la ha llevado. Cálmate. No ha ido a tu casa y la ha matado. Se la ha llevado. Tendrá algún plan. Si hubiera ido a matarla, lo habría hecho ya.

—¡Qué tranquilidad me das! —dijo, irónico—. ¿Puedes ir más deprisa?

—Pretendo llegar. Si nos estrellamos, no solucionamos nada —le contestó razonable a su primo, dado que superaban con creces el límite de velocidad establecido y no pensaba arriesgar más.

El teléfono de Jaime había vuelto a la vida y tenía múltiples avisos de Graciela. La llamó para escuchar, horrorizado, las circunstancias en las que Terete había sido raptada.

Tenía una llamada perdida de su madre, a la que tenía que poner al corriente de todo. Deseó no tener que hacerlo así, por teléfono, pero no le quedó más remedio. Se negaba a que acabase enterándose por otro lado y el dolor que aquello le supondría. Entre balbuceos y alguna que otra incoherencia, le habló del cuerpo encontrado de Marta, de la posible culpabilidad de Carlos en el accidente de coche, y de cómo Terete tendría que haber participado en un engaño.

Curioso que, tras haberla puesto al corriente, su madre se quedase solo con la parte de Terete:

—No sabes si estaba de acuerdo con ayudar a su hermana. Habrá que esperar a que ella recupere la memoria y dé su versión.

—Estaba en el coche con Elías. No creo que hubiera llegado a la sierra para decir: «Ah, no, que no te ayudo, me vuelvo a Ávila».

—No lo sabes.

Extraño, volvió a pensar Jaime, que jamás le hubiera dado a Marta el beneficio de la duda y a esta chica, de la que no sabían nada y de la que habían creído que era otra mujer, le beneficiase rápidamente con la presunción de inocencia.

Jaime se encogió de hombros. Ahora tenía que poner a esa mujer a salvo, porque hubiera hecho lo que hubiera hecho, la verdad es que no merecía que Carlos la secuestrara ni la matara. Y, para qué engañarse, hubiera hecho lo que hubiera hecho, él no se podía permitir perderla.

Al final, a causa de la amnesia, había sustituido a su hermana, se hubiera prestado a hacerlo o no y aun así, él se había enamorado de ella hasta las trancas.

Capítulo 34

La entrada a la finca tenía también su buena dosis de coches de la Policía y la Guardia Civil. Los caseros, nerviosos, trataban de atender y responder las preguntas que les hacían los agentes de una y otra unidad. Mariano estaba también allí, algo desubicado, con Thor nervioso que trató de lanzarse hacia Jaime en cuanto le vio. Jaime se acercó y se dejó lamer por el perro, que le saludó eufórico.

—Se me ha escapado —le contó abatido el chófer—. Al salir de la autovía, por la carretera secundaria, lo he perdido de vista. Aquí a la casa no ha llegado a venir.

—No te preocupes, Mariano —le tranquilizó Nacho—. Hemos pedido un helicóptero para que haga un barrido. Es una finca muy grande. De las más grandes que hay. Pero no podemos perder la fe. —Y volviéndose a su primo, le hizo un gesto amistoso en el hombro—. ¿Por qué no entras dentro? La casera ha hecho un caldo y café.

—No puedo. —Al observar los nervios de Thor, decidió—. Voy a pasear al perro. Si hay algún rastro de Teresa por aquí, él la encontrará. La adora.

Aunque tanto el comisario como el chófer lo

consideraron una pérdida de tiempo dado el tamaño de la finca y la inexperiencia en rastreo del cachorro, pensaron que era mejor no decirle nada, habida cuenta de lo abatido que parecía y la necesidad que, sin duda, tendría de hacer algo más que esperar.

Ambos hombres vieron cómo se alejaba el binomio con compasión. ¡Qué de sobresaltos le había traído su relación con Marta a Jaime! Desde que la había conocido, no había tenido tranquilidad, y desde su matrimonio, todo habían sido sinsabores.

—Es un buen hombre —dijo, por fin, Mariano.

—Sí, lo es. Y también la prueba andante del mal que puede hacer una mujer. Solo espero que sea capaz de separar a Teresa de toda esta mugre.

—No, la hermana de la señora es otra cosa. Nos teníamos que haber dado cuenta de que era otra persona. La difunta señora nunca fue tan amigable y humilde como era últimamente.

—Bueno, ¿quién se lo iba a imaginar? Si escribes un libro de esto, la gente dirá que es la fantasía del escritor, pero nadie creería que puede pasar en realidad.

Jaime, ajeno a los comentarios compasivos de su primo y su empleado, anduvo sin rumbo, dejándose llevar por el antojo del perro, rezando porque estuvieran llegando a Terete en lugar de cercando la madriguera de un conejo.

Ahora que podía perderla, se daba cuenta de cuánto la quería.

Ahora era consciente de que con Marta simplemente había cubierto una necesidad de no estar solo, de rematar el éxito profesional obtenido con compañía y que ella había sabido aprovechar y explotar a su conveniencia. Y solo él tenía la culpa de haber caído en su embrujo.

Pero lo de Teresa había sido tan diferente. Desde que la había traído del hospital, resentido como estaba con ella, le había nacido, innato, el deseo de cuidarla, de protegerla, de consolarla.

Le había atraído físicamente sin necesidad de que ella hiciera trucos, como sí que había pasado con Marta, que se esforzaba constantemente por ponerle los pechos delante de los ojos y hacer extravagantes cruces de piernas con la falda corta.

Teresa le había atraído de una manera natural y le había enamorado simplemente por cómo era. Le gustaba quién era ella, así de simple. Marta no le gustaba. Ni siquiera al principio. No había nada en ella que hubiese podido admirar, como sí le pasaba con Teresa.

El perro le distrajo al ladrar y comenzar a mover el rabo rápidamente. Los tirones de la cuerda, al tratar de ir más rápido, indicaban su ansiedad. Jaime se concentró en seguir por donde él le guiaba, rezando para que hubiese olido a Teresa. ¿Tan imposible era? ¿No decían que los labradores eran capaces de distinguir las células cancerígenas en una persona por el olfato? ¿No podía ser capaz Thor de oler a Teresa?

En algún sitio había leído que un tiburón podía ubicar una fuente de sangre hasta a un kilómetro de distancia. Así que se animó con la posibilidad de que el cachorro, de verdad, hubiera olido a su ama.

El perro seguía tirando, el collar sin duda molestándole en el cuello, pero el animal estaba tan centrado en su objetivo que parecía no importarle. Jaime no se atrevía a soltarlo por temor a perderle.

Al subir una cima, vio una cabaña a unos escasos cincuenta metros. El perro ladró, señalando alegre su destino, su cola moviéndose ante la feliz expectativa, pero Jaime lo mandó callar y le acarició para hacerle comprender que le había entendido. Las ventanas y la puerta permanecían cerradas y no había signos de vida. Estaba rodeada de altos árboles y Jaime supuso que no era visible desde los helicópteros, por eso nadie había venido todavía a investigarla.

Thor lloriqueó y, dándole gusto, Jaime comenzó a andar hacia la construcción.

Sería totalmente imprudente encararse con Carlos si realmente estaba allí dentro con su presa. El chófer ya le había dicho que se había llevado a Teresa amenzándola con un cuchillo. ¿Qué pasaría si allí dentro tenía armas de caza? No se fiaba de que no estuviera tan loco como para disparar. Ya había cometido la locura de manipular el coche de Marta para matarla. ¿De qué no sería capaz?

Solo pensar que pudiera estar haciéndole daño a Teresa y lo asustada que esta podría estar, hizo que Jaime se decidiese a seguir, no sin antes mandar su ubicación a su primo y a Mariano. La cobertura era pésima, pero confió en que, en algún momento, el mensaje todavía con la imagen del relojito, les llegara.

Con sigilo, mandando callar al perro, que obedeció de repente pareciendo entender que aquello no era un juego, se acercó hasta un lateral y trató de escuchar por la ventana. No se oía nada.

Había cables eléctricos por encima del tejado de madera. Supuso pues, que dentro habría luz y por eso podían permitirse las ventanas cerradas, si es que en verdad estaban allí.

Entonces lo oyó, un golpe fuerte, como de un mueble contra el suelo y un fuerte «¡Que te calles!», seguido de otro golpe no identificado.

La sangre le hirvió.

Carlos estaba allí dentro. Era él, sin duda, quien había mandado callar.

Tratando de no perder el control, siguió la linde de la casa hasta llegar a la puerta. El pomo era antiguo, de manivela, y rezó porque si lo había, no hubiera echado cerrojo ni nada más. Con suavidad, empezó a moverlo y vio con alivio que giraba. Thor quiso ser el primero en entrar, pero él amarró fuertemente la correa temiendo que el perro destrozase el efecto sorpresa. Le mandó sentar y esperar rezando porque cumpliese, tal y como Teresa le había enseñado.

Tras una leve manipulación, la puerta se abrió despacio y pudo escuchar una discusión. La voz de Teresa sonaba más apagada que la de Carlos, que era irritada y nerviosa. Thor demostró sus ganas de ir a saludar a su dueña con un leve gemido. Y Jaime volvió a hacerle la señal de esperar sentado.

—Lo vas a hacer o no sales viva de aquí. —Se oyó de nuevo la voz de Carlos—. Y ya te digo que no es ningún problema mandarte al otro barrio y enterrar tu cuerpo flacucho en cualquier zanja de por aquí.

—Está bien. —Oyó decir a Teresa—. Pero no te vas a salir con la tuya.

Jaime oyó el bofetón y lo sintió en su propia carne. Miró a su alrededor. Tras haber dejado la puerta casi cerrada, solo tenía la oscuridad y la escasa iluminación que llegaba de la habitación continua, desde donde provenían las voces. Apoyados contra una enorme chimenea apagada, había dos atizadores. Sin hacer ruido, se armó con uno de ellos y con paso seguro, se dirigió hacia la estancia cercana.

—No me hagas que te pegue otra vez. No es cuestión de que salgas en el vídeo con sangre en la cara. —Carlos le había cogido el rostro con las dos manos y le pasaba los pulgares con aspereza por las mejillas. Jaime sintió una brava admiración por Teresa, que le miraba sin inmutarse, el rostro enrojecido por el golpe, sin soltar una lágrima y sin histerismos. El corazón se le ensanchó al comprobar que estaba viva.

—Se acabó, Carlos —le espetó—. La Policía lo sabe todo.

Con una rapidez que Jaime no esperaba, sin incorporarse de haber estado inclinado sobre Teresa, Carlos pegó un giro de noventa grados y se tiró como un *quarterback* americano contra Jaime. Este, más lento, trató de golpearle con el atizador, logrando tan solo darle con la empuñadura en la espalda antes de caerse hacia atrás.

No hubo tiempo de pelear. Desobedeciendo la orden de espera y al oír el ruido de la pelea, Thor empujó la puerta y en dos galopadas se lanzó contra Carlos inmovilizándole con la boca como una garra sujetando su yugular y gruñendo como nunca le habían visto hacer antes.

Con sus patas sobre los hombros de Carlos, le volvió a gruñir mientras Jaime se incorporaba y, antes de acercarse a Teresa, con la correa de Thor, ató a Carlos con las manos atrás sobre una silla con respaldo, confiando en que fuera suficiente hasta que viniera la caballería.

Entonces, le dio la enhorabuena a Thor, que llevaba un rato lamiendo a Teresa como el buen y cariñoso perro que había sido siempre mientras esta, atada como estaba, no podía más que recibir sus lametones moviendo a un lado y a otro la cara mientras le resbalaban lágrimas de alivio por las mejillas y se reía nerviosa.

Jaime desató a Teresa mientras le preguntaba si se encontraba bien una y otra vez y ella le respondía aliviada y todavía con susto que sí, que sí, que no le había hecho nada. Jaime sabía que no era verdad y que, seguramente, la torta que había visto no era la primera. Pero estaba viva. Las imágenes del cuerpo de Marta, ya en estado de descomposición, volvieron a él. Se obligó a conservar la calma mientras, con manos temblorosas, cogía a Teresa entre sus brazos y besaba su rostro, su pelo, sus hombros y Thor, feliz, saltaba de pie sobre dos patas alrededor de ellos, tratando de encontrar el hueco donde llegar a sus rostros para lamerles.

Aunque oyeron la llegada de vehículos, Jaime no se fiaba y, con las mismas cuerdas con las que había estado atada Marta, ató más fuerte a Carlos.

El comisario y tres agentes entraron con armas en las manos, para acabar relajándose una vez que vieron a la pareja y a Carlos inmovilizado.

—¡Jaime! Me tenías preocupado —le dijo su primo cuando llegó hasta ellos. Y mirando a Teresa y dándole una cariñosa palmada en la cabeza le aseguró—: Y tú también.

—Me llamo Teresa —consiguió hablar por fin la joven mirando a Jaime—, Marta era mi hermana gemela.

—Lo sé cariño, lo sé. Hoy lo hemos descubierto todo. Vamos a casa y nos pondremos al día. ¿Has recuperado la memoria?

Ella asintió, solemne:

—Creo que del todo, sí. —Y el alivio transformaba sus facciones en una profunda alegría.

—Hablaremos en casa tranquilos.

—Lamento deciros que tenemos que tomaros declaración, a los dos. Jaime. Lo siento. Podemos hacerlo aquí, en lugar de ir a comisaría.

—¿No puede esperar?

—En absoluto. Y menos si pensáis contaros cada uno vuestra versión de los hechos. Os la podemos tomar a la vez, cada uno en un coche. Así, además de terminar pronto, no contaminamos las declaraciones.

A Jaime no le gustó separarse de Teresa, pero después de una discusión con su primo y de asegurarle este que era por el bien de ellos y por dar garantías a que la detención de Carlos llegara a buen término, y ningún abogado pudiera ponerle pegas, accedió de mala gana a separarse de Teresa.

La joven pensaba que era curioso que sus primeras impresiones de todo lo sucedido en aquellos meses tuviera que contárselas a un extraño. Aunque Jaime había insistido en que su primo Nacho fuera el que le tomara declaración, y a pesar de que la había visto bastante en el último mes, la realidad es que no era nadie para ella, y menos ahora que había recobrado la memoria.

Asumiendo el hiperrealismo de todo lo que había pasado, trató de hacer una relación de los hechos desde que su hermana se puso en contacto con ella, anunciándole que estaba casada y que necesitaba que la cubriese por unos días, mientras ella se iba de viaje.

Allí mismo, se enteró de que habían encontrado el cuerpo de Marta en la casa de la sierra. Y Terete corroboró que allí era donde Elías le había obligado a dejarla y a subirse al coche con él.

Capítulo 35

—Marta y yo habíamos discutido por teléfono —explicó Teresa a Nacho—. Llevábamos algo más de un año sin vernos, ya que ella estaba enfadada conmigo y yo, la verdad, estaba harta de que siempre me metiera en líos.

Al preguntarle Nacho, no tuvo más remedio que contarle sobre la última vez que, sin saberlo, su hermana le había hecho pasarse por ella en el restaurante donde había acudido a comer la esposa del hombre con el que se había liado.

—Me costó tomar la decisión de aceptar, de una vez por todas, que siempre que ella quería verme era para pedirme algo. —Embargándole una tristeza enorme, se puso a llorar—. Me siento tan culpable.

Con calma total, Nacho le dio un pañuelo.

—Sé que es duro, pero necesito hacerme con el cuadro completo.

—Lo comprendo —asintió Teresa sonándose—. Pues bien, cuando me llamó, hace... —dándose cuenta de que había perdido la noción del tiempo con la amnesia, dudó unos segundos— como una semana antes del accidente, quería que nos viéramos. Que me echaba de menos. Yo no la creí. Pero al final cedí, aun sabiendo que lo iba a lamentar. —Suspiró y sorbió mocos por la nariz. Se sentía fatal por hablar mal de su hermana, porque era su hermana y porque estaba muerta, pero no sabía cómo contarlo sin que le saliera todo el resentimiento que le producía toda la situación—. Vino con Elías, para presentármelo. Me dijo que estaba casada, y cuando fui a darles la enhorabuena a los dos, a pesar de que me dolía que no me hubiese dicho nada antes ni me hubiera invitado a la boda, cuando estaba pensando que al menos habían venido los dos a contármelo, me corrigió: Elías no era su marido.

Teresa miró a Nacho. Era el comisario de la Policía, sí, pero también era el primo de Jaime. Sin embargo, decidió que no iba a ocultar nada.

—Me criticó a Jaime. Sus palabras exactas no sé cuáles fueron, pero me dio a entender que estaba con él por el dinero. —Comprobó que a Nacho no le sorprendía—. Me aseguró —siguió narrando—, que tenía mucha libertad para hacer lo que quisiera, que prácticamente habían llegado a un pacto de entendimiento... —dudó y volvió a mirar a Nacho para cerciorarse de que comprendía—, pero que no podía desaparecer así como así quince días. Que Elías tenía un viaje de negocios y que necesitaba irse con él.

Teresa recordó su estupefacción al mirar a su hermana. Había pensado cómo era posible que dos personas en la misma casa, bajo el mismo techo y en los mismos valores podrían haber salido tan diferentes.

—Me pidió que la sustituyera, que serían solo dos semanas. Que no tenía que hacer nada más que vivir en una casa maravillosa, con un jardín maravilloso, con servicio y chófer y con un armario cargado de ropa y una tarjeta de crédito sin fin.

Teresa decidió que no había necesidad de humillar a Jaime con las mordaces palabras que Marta le había dirigido asegurándole que no haría falta ni que cumpliera con el débito conyugal, pues hacía tiempo que no hacían el amor.

«Aunque a ti Jaime te iría al pelo, pero tendrás que aguantarte, es mío», le había dicho soltando una carcajada, a la que le había acompañado Elías.

—En fin, que yo me negué tan tajantemente como pude. Le aseguré que no pensaba hacerlo.

—¿Y cómo pensaba su hermana que iba usted a cortar con su vida así, de un día para otro?

—Bueno —se encogió de hombros—, para mi hermana lo que yo estuviera haciendo y mi propia vida eran secundarios a sus deseos. Además, sabía que yo estaba estudiando la oposición y, según ella, nadie se daría cuenta de que desaparecía un par de semanas. Y la verdad es que así parece haber sido, porque si no, alguien habría hecho sonar la alarma.

—No lo creas, Teresa. —Nacho se vio en la obligación de ser sincero y de animarla—. Hay una denuncia de desaparición. La han puesto amigas tuyas de Ávila. Sin embargo, la Policía de Ávila les ha asegurado que usted es mayor de edad y que puede irse libremente. Al parecer sí que habías hecho una maleta, según no tuvieron más remedio que admitir tus amigas cuando vieron que faltaba algo de ropa, neceser, etc. —Se encogió de hombros—. Es duro reconocer que la Policía de allí estaba haciendo un seguimiento de muy bajo nivel de tu caso. Pero tampoco puedo culparles. Eres

mayor de edad. Si te quieres ir sin decir nada a nadie, puedes hacerlo; y no había indicios de violencia ni de robos en tus cuentas bancarias.

Teresa asintió.

—¿Qué pasó, por qué hiciste una maleta y te
fuiste?

—La presión que hizo los días siguientes fue
enorme. Me ofreció una cuantiosa cantidad de dinero. La verdad es que llegué a sentirme tentada.
Finalmente, ante mi negativa, me pidió que nos
viéramos una vez más. Que pasáramos el fin de
semana juntas antes de irse, porque se iba a ir aunque yo no la cubriera. Y como creía que igual se
rompía ya su matrimonio después de esta vez,
dándome a entender que Jaime ya le había aguan-
tado bastante, decía que igual no volvía. Así que
allá fui.

Nacho le pidió detalle de los transportes en
que viajó.

—Cogí un tren desde Ávila a Madrid-Chamartín
y desde allí, a Nuevos Ministerios, donde cogí otro
hasta la sierra. Sabía que la estación estaba relativamente cerca de la casa de Jaime, pues ya había
trazado el itinerario. Cuando llegué, ya lo habían
hecho Marta y Elías también. Elías me pareció
muy guapo —reconoció—, pero tenía un gesto
duro y el típico comportamiento de macarra. No
trataba a mi hermana con delicadeza y a mí me
molestaba que ella se dejase tratar así, con esa ba-
rriobajera manera que desprendía Elías al hablar-
le, al tocarla. No se le notaba cariño. Me daba la
sensación de que él estaba con ella como podría
estar con otra, y porque en aquel momento le venía
bien o porque podía sacarle algo a Marta. No sé.

—Y dándose cuenta de que no se estaba ciñendo a

los hechos, miró a su interlocutor compungida—. Igual preferirías que no me dedicase a opinar.

—Lo estás haciendo muy bien, Teresa. Te lo agradezco mucho. Cuenta lo que quieras. Todo me viene bien para hacerme una idea.

—A los diez minutos de estar allí, llamaron a la puerta y Marta nos pidió a Elías y a mí que permaneciéramos escondidos. Sobre todo no quería que nadie me viera a mí. Aparte de que parece que jamás había hablado a nadie de que tenía una gemela, no perdía la esperanza de convencerme para que yo la sustituyera —le explicó Teresa a Nacho—. Oímos sus gritos y sus insultos y, para mi asombro, a pesar de las duras palabras de Carlos, se escuchaba la risa de Marta mofándose de él. Me veo incapaz de repetir lo esperpéntico de la escena y las groserías que se dijeron. Sé que capté de algún modo que Marta había estado con el hijo de Carlos, después de haberse casado y de haberse relacionado con el propio Carlos. Este la acusaba de haber matado a su hijo, que se había suicidado porque ella le había abandonado.

Teresa cerró los ojos abatida.

—¿Quieres parar, Teresa?

—No. Es que, entonces, Marta le dijo que su hijo se había suicidado porque ella había abortado. Le dijo algo así como que «tu hijo no tiene reparos en acostarse con una mujer casada, pero no pudo superar enterarse de que aborté». Fue tremendo. Había tormenta. Los truenos y relámpagos lo sacudían todo y la impresión al escucharla hablar con tanta frialdad de un aborto.... Miré a Elías. Él me miraba con la expresión burlona que me había dirigido desde que llegué. Y supe que él lo sabía también y que el impacto que me causaba enterarme le hacía gracia, le divertía.

»Pero no me dio tiempo a interiorizarlo. Carlos debió empujar a Marta o forcejearon o algo y Marta cayó sin recuperar la conciencia. Al otro lado de la puerta Elías y yo habíamos oído la lucha y, de repente, dejamos de escuchar nada, ni un ruido. Esperamos, no sé, menos de cinco minutos, yo creo, para ver qué pasaba. Nos encontramos a Marta en el suelo.

»Elías se agachó al lado de ella y la zarandeó. Me dijo que estaba muerta. Yo no le creí. Así que le puse la mano en el pecho, para ver si se alzaba, y debajo de la nariz para ver si sentía su respiración. Le acaricié el rostro. No había sangre por ningún lado, pero parecía que el golpe que se había dado había sido mortal. ¿Es así?

—La autopsia no es definitiva, pero la primera conjetura es que se desnucó y que la muerte fue en el acto, sí —trató de suavizar la brutalidad del hecho añadiendo con voz suave—: Por una mala caída.

—Caída provocada —le recordó Terete—. Carlos es culpable, aunque su intención no fuera matarla.

Nacho asintió y se decidió:

—Parece que su intención sí era matarla. Había manipulado los frenos del coche, que fue por lo que Elías y tú os salisteis de la carretera y caísteis por el precipicio.

Terete había pensado que ya no podía sorprenderse más, pero se había equivocado.

—Todo este tiempo creí que se había debido a la tormenta y a que Elías y yo íbamos discutiendo. Me he sentido culpable y responsable de que él perdiera la vida.

Nacho negó.

—No. Carlos cortó los latiguillos de los frenos.

Os quedaba muy poco líquido cuando os subisteis al auto.

—¡Qué barbaridad! —exclamó la joven.

—Sigue por favor —le pidió Nacho al darse cuenta de que se había quedado ensimismada.

—¡Ah sí! Pues yo quería llamar a una ambulancia, pero Elías se puso frenético. Me increpó. Pensé que iba a darme una paliza. No me dejó ni coger el abrigo ni el bolso. Me obligó a la fuerza a subirme al coche y se dirigió a Madrid mientras yo le rogaba llorando. Estaba enloquecido. Me iba a dejar con el coche en casa de Jaime y yo no iba a contar nada de lo que había pasado. Me dijo que él tenía antecedentes. Que no se podía permitir una investigación policial. La noche era espantosa. Yo lo único que pensaba es que cuando me dejara en casa de Jaime, aunque aún no conocía a ese desdichado cuñado, le contaría todo. Pero, mientras tanto, Elías insistía en que yo tendría que hacerme pasar por Marta y fingir que no había pasado nada, al menos por unos días. Y luego, desaparecer tranquilamente y volver a mi aburrida vida a Ávila. Hablaba con tanto odio hacia mí... —Teresa se estremeció cuando los recuerdos volvían en imágenes a su cabeza—. Yo no me había puesto ni el cinturón de seguridad, pues Elías me había tirado al asiento metiéndome por el suyo. Tenía mucho miedo, estaba asustada, triste por lo que le había ocurrido a Marta y él no dejaba de gritarme. Me... me pegó en la cabeza golpes para que le obedeciera.

Nacho se conmovió. Estaba acostumbrado a ser testigo de víctimas de violencia, pero la carilla de Teresa, su verbalización de los hechos, le inspiraron una infinita ternura y tuvo que contener las ganas de decirle que no era necesario que siguiera, mandar a la mierda la declaración y permitirla olvidarlo todo. Envidió a su primo por aquella mujer tan estupenda y exigiéndose profesionalidad, la conminó a continuar.

—Como iba como un loco, estábamos tomando las curvas a muchísima velocidad. Le grité que tuviese cuidado, pero él estaba ido y... no creo tampoco que se diese cuenta de que el coche estaba mal. El caso es que debí agarrarme a la manija de la puerta justo cuando salimos despedidos en una curva de la carretera. Creo que caí al vacío y el coche siguió su trayectoria hacia el precipicio.

La siguiente parte de la declaración era la parte que Nacho ya conocía. La vida de Teresa con Jaime creyendo que ella era Marta. Le contó sus constantes disgustos a medida que iba descubriendo las atrocidades que Marta había hecho, pensando que había sido ella. La joven no contó nada de su noche de intimidad con Jaime, pero presintió que Nacho lo supo cuando ella le situó en aquella misma mañana.

—Jaime había salido a verte, para decir que pensábamos que yo no era Marta. —Se ruborizó y se odió a sí misma al ver que Nacho sonreía comprensivo—. Y entonces vino Carlos. Me echó la culpa de que todo le fuera mal y de que le tuvierais en «busca y captura». Al principio se negó a aceptar que yo no fuera Marta. Pero luego ocurrió que recuperé la memoria, ahí delante de él, de repente. Entonces, aunque ya sí me creía, decidió que le daba igual. Quería que yo grabara un vídeo en el que le eximiera de responsabilidad. De nuevo, haciéndome pasar por Marta. Yo le dije que, antes o después, alguien encontraría a Marta en la casa de la sierra. Pero él aseguró que para entonces a él la Policía ya le habría dejado en paz y podría salir del país. Era lo único que quería —aseguró mirando a Nacho—; salir del país y quitarse de en medio. Me dijo que sin su mujer y sin su hijo le daba igual vivir en España que en Argentina, donde al parecer tiene una casa perteneciente a la familia de su mujer.

Nacho asintió. Como habían terminado, le aseguró que la declaración sería transcrita y lo único que tenía que hacer era firmarla. Que procuraría que no tuviera que hacer mucho más, pues, por lo que a él respectaba, todo estaba bastante claro.

Cuando la acompañó donde Jaime, que había terminado la declaración mucho antes que ella y la esperaba junto a Thor apoyado sobre el capó del coche, le dijo a su primo:

—Cuídame a esta valiente. —Y le miró fijo—: Y si no la cuidas tú, lo haré yo.

Jaime le devolvió la mirada y, sin contestar, le separó a Teresa de él y le rodeó los hombros para subirse al coche con ella atrás.

Capítulo 36

Al llegar a casa, cansados y todavía sin necesaria intimidad, ya que les llevaba Mariano que, por primera vez, no paró de hablar de lo emocionante que había sido y lo buen perro que había sido Thor, Jaime y Teresa se encontraron con que Pilar y Luisa les estaban esperando. Graciela había puesto la mesa para la cena y había comprado un enorme hueso de cuero para el labrador, que se puso tan feliz al verlo que lo cogió y se fue a un rincón a mordisquearlo moviendo la cola.

—Cariño, oh querida, ¡qué espanto todo!

Teresa se dejó abrazar mientras informaba de que ella no era Marta, era Teresa.

—Lo sé, lo sé, cariño, Nacho nos lo ha contado todo. No pasa nada —le aseguraba Luisa como si aquello fuera habitual y todos los días pasara algo parecido.

—Ya decía yo que habías cambiado demasiado después del accidente —trató de bromear Pilar, sin conseguir sacar a nadie una sonrisa.

—Mi hermana... —Teresa balbució, el cansancio del día y las impresiones impidiendo que hablase con lógica—. Mi hermana...

Fue Jaime quien la interrumpió.

—No lo pienses ahora, cielo. —Con severidad, miró a su madre y a su hermana—. Hoy vamos a dejar que Teresa descanse, la pobrecita tiene que estar agotada —y suavizó la sentencia acariciando el pelo de la joven—. Mañana, descansados, haremos frente a lo que haga falta, pero ahora, con el cansancio, dudo que podamos entender ninguno el alcance de todo lo que hemos descubierto —y mirando a su madre le rogó—: ¿cuáles son esas pastillas maravillosas para dormir? —Y mirando a Teresa le dijo—: Quiero que te tomes una y te duermas. No pienses en nada. Yo tengo todavía que hacer algunas cosas.

No quiso explicarle la cantidad de papeles que había que firmar y decisiones que tomar con respecto al cuerpo de Marta, una vez que un juez había declarado y firmado su muerte y ordenado su autopsia. A fin de cuentas, el familiar más cercano era él. Si le podía evitar esos sinsabores, se alegraba profundamente.

Teresa se encogió. Desde que esa misma mañana había conocido, como un chispazo repentino, quién era ella de verdad, los sucesos se habían desarrollado con increíble rapidez y no había podido asumir nada. Pero había cuestiones que la traían en vilo. Anoche se había acostado con Jaime, había perdido su virginidad con él mientras los dos pensaban que ella era Marta. Sobre todo, mientras los dos pensaban que eran marido y mujer. Sin embargo, a pesar de la maravillosa noche, no habían tenido tiempo de hablar sobre qué iban a hacer, ni en qué situación se encontraban el uno con el otro.

Pero la realidad era la que era. Ella no era su mujer, sino su cuñada. Y aunque es cierto que, aun después de haber hecho el amor la primera vez y descubrirlo, Jaime no solo no había manifestado un cambio en su afecto hacia ella, sino que se había mostrado incluso aún más enamorado, Teresa no podía descartar que se debiera al momento y a la pasión previamente compartida. Previa y posteriormente compartida, recordó, sonrojándose, ya que no se habían limitado a una sola vez.

Y de súbito, el cansancio, el desconcierto, el peligro pasado y las emociones de todo el día le estallaron y se puso a llorar en brazos de Luisa con fuertes sollozos, como una niña pequeña. Entre las dos mujeres la ayudaron a darse un baño, le secaron el pelo, le pusieron un largo camisón de algodón y le arroparon entre suaves sábanas y mullidos edredones.

—Voy a subirte un caldito que está haciendo Graciela y un Orfidal. Y no pienses en nada. Haz caso a Jaime. Mañana estarás más fuerte y más lúcida —le pidió la que antes había creído su suegra al salir del dormitorio para bajar a la cocina.

La hermana la miraba todavía con la misma cara de fascinación con que les había recibido al llegar.

—No me puedo creer todo esto. Es como una película.

Teresa no quiso ironizar, pero si aquello era una película, seguro que no era una comedia.

—Y todo este tiempo, ¿no intuías nada? ¿No sentías que no eras Marta?

Teresa negó y se encogió de hombros.

—No me sentía identificada con nada de lo que se me mostraba como mi vida, pero como en verdad tenía amnesia, no es que pudiera comparar con otra realidad.

—¿Y Marta era tu hermana gemela? —Antes de poder pensarlo bien, se le escapó: —¿Cómo podéis ser tan idénticas físicamente y tan diferentes de carácter?

Teresa se sentía muy cansada como para explicar que cada ser es único e irrepetible y que el parecido físico no les hacía iguales. Así que se encogió de hombros sin ganas de hablar.

—Y Jaime te había perdonado todo lo que habías hecho. Bueno, se lo había perdonado a Marta. —La hermana no podía entenderlo—. Yo no podía. Veía que eras distinta, veía que tratabas bien a la gente, que eras simpática y cariñosa, veía que estabas volviendo a conquistar a mi hermano, pero no podía perdonarte, bueno a Marta, lo que me había hecho y lo que le había hecho a mi hermano. No entiendo cómo mi hermano podía haber olvidado.

El corazón de Teresa se encogió. Las palabras de la hermana de Jaime destilaban un odio que, aunque sabía que no iba dirigido a ella, le hacía daño.

—Mira, Pilar, me gustaría pensar que Jaime se enamoró de otra persona diferente. De mí.

La hermana levantó una ceja.

—¿Eso crees? —Y negó con la cabeza—. Estaba obsesionado con Marta. Besaba por donde ella pisaba. Le daba igual lo que hubiera hecho. Le perdonó hasta que me destrozara mi oportunidad de ser feliz con Enrique. Tu hermana era como una mantis con la que el macho sabe que le va a comer, pero no puede evitar el apareamiento. Mi hermano sabía que podía volver a sufrir si volvía con Marta, y aun así volvió, aunque lo hiciera contigo. Él no sabía que no eras ella y estaba dispuesto a volver a ponerse en sus brazos. ¡No puedo entenderlo! —Teresa vio con pavor que Pilar iba a ponerse a llorar.

—Ahora está muerta. Ya no puede hacer más daño, y no deseo la manera en que murió y cómo su cuerpo quedó abandonado. ¿No crees que ha tenido suficiente castigo?

—¿Y nosotros? ¿Tendremos que seguir viéndola en ti? ¿Tendrá mi hermano que seguir ligado al físico de aquella mujer fatal, que le atrae como el canto de las sirenas? ¿Es que nunca vamos a poder quedar libres? —Quizá debido a la cara de espanto que puso Teresa, o debido a que entró en aquel momento su madre con la bandeja, Pilar se calló y, cogiendo la mano de Teresa que descansaba en el embozo de la sábana, le rogó—: Por favor, perdóname. Se ve que yo también estoy afectada. Te ruego que me disculpes.

—Os ha dicho Jaime y os repito yo que dejéis las elucubraciones para mañana. Mañana veremos las cosas diferentes. —El tono de Luisa era de enfado al darse cuenta de la mala cara de Teresa.

Y ayudando a Teresa a cenar, comenzó a hablar de naderías, como una borrasca que estaba anunciada y que iba a traer fuertes nieves incluso en la ciudad de Madrid; que había encargado aceite de oliva a un tuitero muy salado que colgaba hilos en la red social sobre el campo y el trabajo del agricultor; o que lo mejor para las manos secas era la crema Neutrógena.

Teresa no fue consciente de que se dormía, ni del momento en que las dos mujeres salieron de su cuarto, probablemente porque se durmió con la taza aún en las manos y antes de que se fueran.

Seguramente debido a las pastillas, durmió de un tirón toda la noche y sin un solo pensamiento perturbador.

Capítulo 37

Teresa se despertó desconcertantemente descansada. Miró la hora en el móvil, que reposaba cargándose a su lado, en la mesilla, y descubrió que pasaban las doce del mediodía. No se oía ningún ruido por la casa, si bien es verdad que, en general, la insonorización de las habitaciones era fantástica, pero es que no se oía nada. ¿Estaría Jaime todavía dormido?

Y al pensar en él, recordó todo. ¡Dios mío! Y la realidad de lo acontecido se balanceaba antes y después del accidente.

Toda su vida parecía llevar a aquella noche tormentosa en que todo cambió. Y esta temporada pasada junto a Jaime, como su esposa, había sido sin dudarlo, la más feliz de todas. Y se sentía fatal por sentirse así, porque su felicidad se había construido sobre la falsedad, nacida nada menos que de dos muertes, una de ellas la de su propia hermana.

¿Qué iban a hacer? ¿Qué querría Jaime hacer?

Se habían acercado el uno al otro con la creencia de que eran marido y mujer, que estaban arreglando las cosas. Pero ¿qué pensaría de ella ahora

que sabía que no era Marta y que Marta, su legíti-
ma mujer, estaba muerta?

Se moría por ir a su cuarto a ver cómo estaba y
qué pensaba de todo.

Las palabras de la noche anterior de Pilar reso-
naron en su cabeza. El desprecio con que contemplaba la facilidad con la que Jaime había perdonado
a Marta... Y entonces se dio cuenta de la imposibi-
lidad de que ellos dos pudieran estar juntos.

Estos meses habían sido un regalo al que no podían, de ninguna manera, dar continuidad.

¿Qué tipo de relación construirían?

Cuando eran adolescentes, todas sus amigas del
grupo hicieron un juramento que, hasta la fecha,
habían cumplido y que consistía en el compromiso de no salir jamás, jamás y bajo ninguna circuns-
tancia con el ex de ninguna de las demás.

Recordó ahora con cierta amargura que esa
decisión vino cuando el primer noviete que tuvo,
un joven de su misma clase que había llegado
nuevo al instituto aquel año, se lio con Marta. Claro que lo hizo *mientras* Terete y él todavía estaban
saliendo.

Todas sabían que Marta lo había hecho aposta,
por el simple deseo de hacer daño a su hermana o
de demostrarle que podía.

A Teresa le había dolido, pero más aún cuando,
en cuanto su hermana lo despachó, ya que una vez
conseguido su objetivo de fastidiar a Teresa no le
interesaba para nada más, él intentó salir con una
de sus mejores amigas. Desde luego, Terete no había tenido muy buen ojo, pero ahí fue cuando las
amigas decidieron hacer el pacto.

Y ahí fue también cuando Teresa se dio cuenta
de que algunas amigas son mejores que la propia

familia. Sobre todo cuando tu hermana es Marta y tus amigas el grupo tan fantástico y leal que tenía.

¡Cuánto las echaba de menos! Le gustaría llamarlas ahora mismo y hacerles venir a por ella. Pero sentía que eran mundos distintos. ¿Cómo les iba a explicar todo lo que había pasado? Nacho le había dicho que estaban preocupadas por ella. Así que tendría que hacerlo. Ahora que había recuperado la memoria, sus dos vidas se entremezclarían... y era una sensación tan extraña. En cierto modo, se había acostumbrado a estar como si acabara de nacer aquel drástico día del accidente. Todos sus recuerdos, todo su mundo, era Jaime, desde el principio, desde que abrió los ojos en el hospital y lo vio medio dormido sobre ella, con los pelos enredados y los ojos somnolientos. ¡Qué fácil había sido depender solo de él y vivir solo para él! ¡Qué difícil iba a ser romper con todo y volver al antes del accidente!

Se daba cuenta de que Jaime y ella no estaban destinados a estar juntos. ¿Cómo podría él mirarla todos los días sin acordarse de su hermana? ¿Cómo podría ella estar con él sabiendo que antes se había enamorado de Marta y que estaba con ella simplemente porque el destino la había puesto en el lugar de Marta?

Se vistió con movimientos lentos mientras le daba vueltas en la cabeza al panorama.

¿Qué tipo de vida les esperaba juntos, siempre y en el caso de que Jaime de verdad la quisiera con él? ¿Una constante ronda de explicaciones a familiares y conocidos de lo que había sucedido? ¿Vivir bajo el escrutinio de los demás esperando a ver en qué se parecían y en qué no las dos gemelas? ¿Encontrar en los ojos de Jaime lo que echaba de menos de Marta? Se sintió mal por sentir celos de su hermana, pero, en verdad, en aquel momento los sentía. Jamás le había envidiado nada. En todo caso, había sentido que todo el mal carácter de Marta hacia ella se debía a envidias y complejos. Pero ella jamás había entrado en ese juego. Hasta ahora. Ahora que, precisamente, su hermana ya no estaba.

¿Iba a tener celos de verdad de una muerta?

Sí. Lo reconoció en ese momento. Tenía celos de su hermana, de que fuera la primera en ver a Jaime, de que lo enamorara y se casara con él, de la intimidad física que mantuvieron los dos, de las confidencias y el corazón entregado de Jaime a ella. Porque Jaime, antes que a ella, le entregó el corazón a Marta. Conociéndole y si se casó era porque se lo dio todo. Él se dio por entero.

Miró la habitación que había sido suya los últimos meses de su vida en que pensaba que ella era otra persona. ¿Qué hacía ella ahí todavía?

Efectivamente, tal y como había dicho Luisa, por la mañana veía las cosas con mayor lucidez.

Ella tenía su sitio. Tenía un piso ideal en la Plazuela de Italia. Tenía sus oposiciones a maestra. Tenía sus amistades.

Se sentó en la cama y combatió las ganas de llorar. Porque en ese mismo momento comprendió que no podía quedarse.

Pero tampoco podía despedirse.

Se había enamorado. Dios era testigo de que había caído embrujada por la culpa, la amnesia y un hombre maravilloso que había estado allí para ella, que la había cuidado. Por su cabeza pasaron como flechas imágenes del tiempo junto a Jaime. La media sonrisa con la cabeza ladeada con que la observaba malcriar a Thor; su cabellera, espesa y de un ambiguo color que no llegaba a ser pelirrojo, ni rubio, ni castaño; las caricias que le hacía cuando veían juntos la tele en el salón; los besos en los soportales por todo el barrio de Chamberí; los paseos de la mano por la Castellana que les llevaban casi hasta Atocha andando, disfrutando simplemente de estar el uno al lado del otro y en perfecta sintonía; la cara de pánico que tenía cuando llegó de trabajar y la vio dando trompicones por el jardín con el coche que había cogido con la temeridad de que supuestamente sabía conducirlo. Ahora sabía que no, que ella nunca se había sacado el carnet de conducir. Era un pastizal y ¿para qué necesitaba ella coche en Ávila?

Pero, en realidad, ¿para qué engañarse? —ella se consideraba una persona realista—: Jaime había cuidado en el hospital a Marta, no a Teresa. Jaime había acariciado a Marta, no a Teresa. Jaime había paseado, se había preocupado, se había vuelto a enamorar, en definitiva, de Marta, no de Teresa. De Teresa no sabía ni de su existencia.

Decidió que igual que la noche anterior había pospuesto pensar en nada hasta que llegara la mañana, ahora mismo no iba a echarse a llorar. Ya lo haría más tarde. Ahora iba a preparar todo para irse y lo iba a hacer sin despedirse, porque no se veía capaz.

Cogió un cuaderno y un boli de su secreter (del de su hermana) y, sin permitir que sus lágrimas mojaran el papel, escribió su despedida.

Querido Jaime, querido cuñado:
Ante todo, perdona que no me haya despedido personalmente de ti. No puedo hacerlo. No tengo fuerzas.

He vivido unos meses contigo pensando que era tu mujer y tratando de ser fiel a ese compromiso que, en realidad, nunca había adquirido. Lo había adquirido mi hermana y lo habías adquirido tú y lo has cumplido, a rajatabla, más allá de lo exigible, dadas las circunstancias que los dos conocemos bien.

Mentiría si dijera que todo esto no ha significado nada para mí. Lo ha significado, y mucho, pero la recuperación de la memoria me ha hecho comprender que no pertenezco a este lugar. Sé que lo verás igual que yo, si es que no lo estás viendo ya.

Me vuelvo a mi Ávila, a mi rutina, a mis oposiciones y a mi tranquila vida de pequeña ciudad.

No sé cómo darte las gracias por todo. Por tanto como me has dado.

Despídeme, por favor, de tu madre y de tu hermana, han sido, a pesar de esas circunstancias a las que me he referido antes, una suegra y una cuñada verdadera familia para mí.

Cualquier decisión que tomes con respecto a Marta me parecerá bien. En casa no nos educaron nunca en la visita a los cementerios. Sé dónde está mi madre porque enterré a mi padre con ella, pero nada más. Si quieres que Marta esté allí con ellos, te dejo en este sobre la información de la ubicación del panteón.

Espero que puedas pasar página pronto. Te deseo lo mejor.

Terete

CUARTA PARTE

Capítulo 38

Las últimas semanas no habían sido fáciles para Jaime. De hecho, habían sido un infierno.

Había tenido poco tiempo para pensar en la huida de Teresa, sin embargo, ella y su marcha estaban cada segundo de su día a día en su cabeza. Pensaba en ella nada más despertarse... la noche que conseguía al fin caer dormido; hablaba de ella cuando explicaba, constantemente, a su extensa familia y a sus amigos y conocidos, todo lo acontecido; la echaba de menos en las caras de conmiseración y empatía que recibía de todos cuantos le rodeaban; volvía a hablar de ella con Thor, cuando el perro se le acercaba, a cada momento, lanzando lastimeros aullidos y reposando su hermosa cabeza sobre su regazo; la maldecía por las noches, cuando se sentía solo y cuando temía que nunca más volvería a verla.

Cuando había encontrado su habitación vacía, sus armarios llenos —¡no se había llevado ni una maleta!— y la nota de despedida, había pasado de un miedo atroz, a un enfado como no recordaba haber sentido antes.

¡Ella le había abandonado! Después de lo que habían compartido, ¡le había abandonado!

Había hecho una bola con el papel y lo había estrellado contra el espejo, ese que le devolvía su reflejo de rostro enfurecido e incrédulo.

Pero la realidad de todo lo que le esperaba fuera de esa habitación había podido con él.

La investigación que se llevó a cabo y que se complementó, según le informaron, con la declaración que tomó la Policía Nacional de Ávila a Teresa, así como de personas del círculo de Carlos y Daniel, puso orden a la historia que ya sabían.

Tal y como le resumió Nacho, Carlos había estado con Marta tras la muerte de su mujer y se había espantado cuando luego había visto a Marta, ya casada, liarse con Daniel. Su hijo, joven y algo mimado, que había caído en depresión cuando Marta le había dicho que si no conseguía sacarle más dinero a su papaíto no podía seguir contando con ella. Y el colmo, para el pobre joven, había sido enterarse de que Marta estaba embarazada... y de que le pedía dinero para abortar.

«No pensarás que me voy a gastar la asignación que Jaime me da para ir a la Dator. Eso lo pagas tú. Tú lo haces, tú lo pagas», contaban que había dicho. Y cuando Daniel se había negado, Marta había abortado de todas maneras y Daniel no había podido soportarlo.

¡Cuánto dolor era capaz de provocar una sola persona! ¡Cuántos sinsentidos!

Tras eso, Carlos había vivido obsesionado con castigar a Marta, probablemente porque también se sentía culpable de haber caído en sus garras en su momento.

Así, la Policía había conseguido completar la escena, y Carlos había seguido a la joven hasta la casa de la sierra, había manipulado los manguitos de los frenos, pero no se había resistido a entrar a hablar con ella y ahí, la había empujado y dado por muerta.

Por su parte, Marta había engatusado a Teresa para que viniera a sustituirla mientras ella se fugaba con Elías. Su idea era regresar del crucero como si nada.

Teresa, según había quedado claro por la propia muchacha y por los mensajes de WhatsApp que se encontraron en su móvil, no solo con Marta, sino con sus amigas, había ido a la sierra a decirle a la cara a su hermana que no, que no iba a sustituirla y cometer ese engaño y a tratar de convencerla para que luchara por su matrimonio.

Elías, asustado tras la muerte de Marta, no había atendido a razones con tal de irse de allí. En su mente, según había entendido Terete mientras la chillaba y la obligaba a irse con él, la posibilidad de que Terete sustituyera unos días a Marta para darle tiempo a pensar algo y esconderse, era la única solución viable en aquel momento.

Al huir en el coche sin frenos, este había salido despedido en una curva de la carretera, de lo que Teresa se libró por no haberse podido poner el cinturón de seguridad, cayendo del coche unos valiosos segundos antes del impresionante accidente. Pero un golpe en la cabeza al caer fue lo que le provocó la amnesia, así como, según explicaron los médicos, la propia autodefensa del cerebro dañado, de no querer recuperar ni afrontar los horrores pasados. Y así, se había despertado en el hospital, sin nadie que supiera que ella no era, en realidad, Marta.

Saber que Teresa no se había prestado a sustituir a Marta, le había llenado a Jaime de orgullo por ella. Aquello reafirmaba que la joven a la que amaba era íntegra.

Y, probablemente por esa integridad, era capaz de desaparecer ahora —con una simple nota que todavía llenaba a Jaime de ira—, de volver a su vida y de continuar como si nada.

Aquello todavía enfadaba aún más a Jaime.

¿Cómo se atrevía? ¿Cómo se atrevía a no darle opción a opinar? ¿Cómo osaba hacerle tan infeliz?

La idea de que ella no le quisiera, le horrorizaba.

Sabía que, por esa integridad, Terete había tratado de arreglar su matrimonio, pero ¿y si no hubiera creído que estaban casados? ¿Le gustaba él a Terete o solo había cumplido con los que creía en ese momento sus deberes matrimoniales?

Esto era lo que más le molestaba a Jaime. La duda. Había sido tan feliz con Terete que la sola idea de que ella no le quisiera, le volvía loco. Y aunque ardía en deseos de ir a ver a la joven y aclararlo todo, Marta se había vuelto a interponer entre los dos y, como marido de la joven fallecida, se encargó de darle sepultura.

Contempló la idea de enterrarla en el panteón familiar, pero decidió que quizá era mejor en el de su familia natal. No le gustaba ser hipócrita, y para los dos estaba claro que su matrimonio había sido una farsa casi desde el principio.

Así que lo organizó para que llevaran a Ávila sus cenizas y pidió a Sergio, su fiel abogado, amigo y primo, que le llevaba sus asuntos legales y le asesoraba económicamente, que se lo comunicara a Teresa.

Sin embargo, aunque esperaba verla en el cementerio, Teresa no apareció el día que llevaron las cenizas. La discreta ceremonia hizo que Jaime olvidara por un momento a Teresa y se centrara en la mujer que había sido su esposa y a la que estaban despidiendo.

No deseaba el triste y lamentable final que había tenido Marta, tan sumamente joven y con tantísima pasión por la vida. Había vivido como había querido. Y había sacado todo el jugo a la vida. Él, por su educación y su forma de vida, no compartía el modo en que había hecho las cosas, pero no cabía duda de que Marta Gavilanes había vivido apasionadamente y, a su manera, había disfrutado.

Encomendó a Dios su alma, rogando que perdonara sus pecados. No quiso pensar en aquel momento en las desgracias que había podido causar a otros y se limitó a corear la oración de las exequias con el sacerdote.

Le solía dar paz creer que no todos en la vida podíamos pensar ni hacer las cosas igual y, aunque sí creía que había un bien objetivo universal, no todos los seres humanos eran capaces de verlo y mucho menos de ponerlo en práctica. Y siempre, siempre, había dos caras de la misma moneda, pues no se podía exigir a todos lo mismo.

Su mujer no le había hecho feliz. Pero ¿y él? ¿Le había hecho él feliz a ella?

Cuando el cura se despidió, Jaime se quedó un rato más.

Esperaba de corazón que su mujer estuviera encontrando en la otra vida la felicidad que tan desesperadamente y con tanta vehemencia había buscado en la tierra, probablemente en los sitios menos indicados.

De algún modo, además de perdonarla, surgió de su alma el dolor y la necesidad de que ella le perdonara a él. ¡Qué rápido había aceptado la derrota y había dado la espalda a las necesidades de ella! ¡Qué poco le había importado lo que ella hiciera!

En realidad, él era culpable en cierto modo de lo que había pasado. Una vez que se había desenamorado, le había dado igual lo que ella hiciera o lo que fuera de ella. Y eso no estaba bien. Eso no era ser un buen marido.

Su madre, que había sido el único familiar que le había acompañado, le pidió que se marcharan ya y cogiéndolo del brazo le dirigió al coche.

—Espero que no te estés atormentando. Sé que no estabais hechos el uno para el otro, pero tú fuiste un buen marido, Jaime.

—No, no lo fui —negó él con tranquilidad—. Llegó un momento, casi enseguida, que no quise serlo, además. ¿Crees que me importó que decidiera vivir su vida independiente de la mía? —le preguntó mirando a su madre con hastío—. Me sentí aliviado. Ya desde el viaje de novios, la convivencia con ella me empezó a resultar insoportable.

El silencio cayó entre los dos. Luisa no sabía qué decir.

—Le pedí el divorcio, pero se negó.

Aunque Luisa pensó que la joven fallecida se negó a divorciarse porque vivía muy bien de él, se calló. Seguro que eso Jaime ya lo sabía.

—Y hoy me siento como un canalla y como un farsante.

Su madre le acarició el cabello y en un gesto inusitado, él apoyó la cabeza en su pecho. Desde niño, jamás se había mostrado tan vulnerable ante ella.

—Por favor, Jaime. No te atormentes. Mereces ser feliz.

—No sé si yo lo merezco o no, madre. Pero la vida no funciona así —le contestó él sin moverse, dejando que ella le consolara con sus caricias.

—Ya lo sé. Pero está en tu mano ser feliz. —Y armándose de valor sacó el tema que había estado deseando hablar con él y sobre el que no había encontrado el modo de hacerlo—. Puedes ser feliz con Teresa —y antes de que él le interrumpiera, añadió—: Sé que ella te ha hecho feliz. Lo he visto con mis propios ojos.

Jaime suspiró.

—Sí, yo sí he sido feliz —admitió.

—Y ella también.

—Ella se creía casada conmigo, mamá.

—Eres tonto, Jaime. ¿Crees que su amor por ti era porque pensaba que era su deber?

—Tú no la conoces como yo. Ella estaba horrorizada por la que creía su conducta anterior. —Sonrió al recordarlo—. Teresa no pensó si me amaba o no, simplemente estaba casada conmigo y quererme era lo que tenía que hacer. Exactamente igual que, en el momento que supo que no era Marta, se marchó, porque consideró que era lo que tenía que hacer.

—Mira, hijo. Cuando hablamos la primera vez de Marta, te avisé sobre ella. No me quisiste hacer caso, aunque no me engañas, sé que sabías que tenía razón. Imagino que no supe plantearte bien las cosas y que me mostré temperamental, metomentodo y grosera, pero sé que tú sabías que yo tenía razón. Créeme cuando te digo que Teresa no te miraba a ti como una esposa cumpliendo una obligación.

Entonces Jaime levantó la cabeza del pecho de su madre y la miró, necesitando confirmar en su cara la verdad de lo que decía.

—¿Lo piensas de verdad?

—Lo sé, cariño.

—¿Y no te parece muy raro que un hombre se case con una mujer y luego quiera estar con su gemela?

Luisa se encogió de hombros.

—No sería el primer caso. Y no estarías haciendo nada malo. Vuestro amor ha surgido con rectitud de vuestros corazones. Ninguno de los dos hizo más que tratar de arreglar un matrimonio que iba a la deriva, Jaime. Demostraste muchísima grandeza de corazón al perdonar a Marta, aunque fuera Teresa. Y Teresa... —Su madre pensó qué palabras escoger—. A esa chiquilla no le salen más que cosas buenas del corazón. Es tan diferente a su hermana que, si no fuera por el físico, uno diría que no se habían criado siquiera en la misma familia.

A Jaime la sonrisa le llenó la cara.

—La bondad está minusvalorada —reconoció.

—Tu padre, aunque erais niños cuando murió, soñaba sobre vosotros, qué seríais de mayores, qué haríais. Quería que fuerais felices, pero para él era importantísimo que fuerais buenas personas, buenos hijos, buenos hermanos, buenos amigos de vuestros amigos, buenos ciudadanos y que formarais una familia con gente buena. «Ni guapa, que encante, ni fea que espante. Ni muy rica, ni muy pobre. Pero buena persona y trabajadora», solía decirme cuando yo soñaba en voz alta con la mujer con la que te casarías. Y a eso aspiro yo.

—Parece que los dos hermanos no hemos sabido elegir muy bien. —Jaime pensaba ahora en su hermana.

—Supongo que en este mundo que vivís no es tan fácil como entonces. Ahora todo es más complicado que en mi época. Un hombre honrado trabajaba, buscaba una buena mujer y se casaba con ella para tener familia. Ahora necesitáis tantas cosas materiales, tantos viajes, tanta vida social, y todo ello por delante de estar en una casa con seres queridos por los que trabajar día a día... Así que supongo que es más difícil reconocer quién va a funcionar y quién no, a la hora de vivir en pareja.

—Imagino que tendremos que aprender a simplificarlo.

Y madre e hijo se abrazaron esperanzados.

Pero esta conversación con su madre, a Jaime le había hecho reflexionar. De hecho, le estuvo dando vueltas unos cuantos días.

No estaba seguro al cien por cien de que Teresa le quisiera. Al menos no como él la quería a ella. Sabía que era imposible, con un corazón como el de Teresa, que ella no sintiera afecto hacia él, ya que era incapaz de no sentir algo por todo aquel que conocía. Sin embargo, no sabía cuánto de deber había tenido ella hacia él.

Pero sí estaba seguro de que ella era la que él quería para sí. Definitiva y taxativamente.

No pensaba que, por su carácter y manera de ser, Terete hubiera vuelto a su vida anterior como si nada hubiera pasado, pero sabía que tenía que convencerla de dos cosas: que la quería con toda el alma, independientemente de quién fue su hermana y que si la viera a ella, sin conocerla de nada, se enamoraría otra vez.

Y lo tenía bastante complicado. Porque no tenía más que sus palabras para conseguirlo. Y se temía que aquello no iba a ser suficiente.

¡Dios, cuánto la echaba de menos!

Thor, que ya se había acostumbrado a deambular

por la casa y que, según le había contado Graciela, dormía a los pies de la cama de Teresa, se acercó a él y le miró con sus vivos ojillos negros, esperando que le respondiera dónde estaba su ama.

—¿Qué vamos a hacer, Thor? Yo creo que deberíamos intentarlo, ¿no te parece?

Y pensando que ya había purgado suficientemente los pecados cometidos, decidió partir a Ávila a recoger a su mujer.

Capítulo 39

Desde que se había marchado de Madrid, Teresa vivía como en un sueño. Se obligaba a levantarse por las mañanas, se vestía como una autómata, trabajaba sus cuatro horas por la mañana en el café Siglo XII, frente a la catedral. Por las tardes, estudiaba las oposiciones y por las noches, lloraba.

Había acudido al cementerio el día que Jaime llevó las cenizas de Marta al panteón de los Gavilanes y aguardó hasta que el coche desapareció de su vista.

Vio a Jaime guardar sus respetos y quedarse un buen rato, después de que el sacerdote se fuera y, con pesar, y —reconoció, aun avergonzada de sí misma, con celos—, vio cómo su madre tenía que consolarle recogiendo su cabeza en su pecho.

Era lo normal, se dijo, esperando que se marcharan. Marta había sido su mujer. Solo alguien sin sentimientos no sentiría nada.

Cuando por fin no hubo nadie a la vista, Teresa ocupó su lugar frente a su hermana. Allí yacían sus padres también. ¿Qué pensarían de todo lo que había pasado?

Se tuvo que repetir a sí misma que no había nada de lo que avergonzarse. Que ella había actuado todo el rato con la información que tenía. Pero ¿qué pensarían sus padres en verdad?

¡Qué extraño había resultado todo!

Sobrecogida una vez más por todo lo sucedido, rompió a llorar. ¡Cuánto echaba de menos a su madre y a su padre! ¡Cuánto necesitaba ella, como había hecho Jaime, de un pecho sobre el que llorar y un corazón que le consolara!

Se sintió sola. Inmensamente sola.

Quería echarle la culpa a su hermana de todo lo pasado. Pero allí, delante de sus restos, en la semipenumbra del sitio, decidió que lo mejor era dejarla ir. Y la perdonó. De corazón. Solo Dios y ella sabían qué le había movido siempre a actuar con tanto egoísmo, pero la verdad es que a ella le había permitido conocer y estar con Jaime y, al menos por eso, podía darle las gracias.

«Lamento mucho que nunca consiguieras ser feliz del todo, hermana», le habló mentalmente, «que necesitaras tanto para estar contenta. Lamento no haber sido la mejor hermana para ti. ¡Éramos tan distintas! No quiero ahora ahondar sobre cuál de las dos ha tenido la culpa de que no nos quisiéramos más. Ahora no podemos solucionarlo ninguna de las dos. Me hubiera gustado que en vida no termináramos siempre discutiendo. Me hubiera gustado respetar más tus decisiones y juzgarte menos. Me hubiera gustado que tu estilo de vida y tus elecciones no terminaran siempre salpicándome de algún modo, pero imagino que tú echarías de menos que yo no fuera más enrollada a la hora de dejarme implicar. Lamento no haber cumplido tus expectativas y haberte dejado caminar sola. Lamento no haberte comprendido más. Lamento haberme alejado de ti, aunque en los momentos que lo hice me pareció que no había otra manera de permanecer ilesa. Espero que me comprendas. Que tú ahora, con esa sabiduría que se adquiere al otro lado, veas y comprendas también mi manera de ver las cosas y mi forma de vida. Espero que no dejes de quererme, como yo te quiero a ti. Espero que papá y mamá te acojan y estéis los tres juntos. Espero que me esperéis. Y espero que en la otra vida tengamos toda la felicidad que nos falta en esta». Las lágrimas habían comenzado a secarse y ella adquirió más serenidad. «Te quiero, hermana. Con mis errores, con mi falta de comprensión, siempre te he querido y he deseado lo mejor para ti».

De algún modo, esa soledad tan acuciante que había sentido al entrar en el panteón había desaparecido y se sintió ligeramente confortada. Ella tenía fe en que, de algún modo, su hermana ahora tenía una visión más amplia del mundo y de la realidad y podría perdonarla. Allí, frente a su padre y su madre, comprendió que perdonaba del todo a su hermana y se sintió perdonada. Y ya no se sintió tan sola.

Capítulo 40

Las náuseas comenzaron exactamente a los quince días de volver de Madrid. Eran náuseas matutinas por las que Terete tenía que levantarse antes de lo normal, para poder salir de casa con el estómago ya apaciguado. Estaba cansada todo el rato y, lo que al principio le había parecido como una laxitud consecuencia de la depresión tras lo sucedido en Madrid, ahora era otro síntoma más. Certificó sus miedos con un test de embarazo y, responsable como era, pidió cita con la matrona y se compró ácido fólico en una farmacia sabiendo, por una amiga que ya había tenido dos hijos, que era un obligatorio.

Tenía que tomar la decisión de decírselo a Jaime o no. Todo su cuerpo y su maltrecho corazón le rogaban que lo hiciera. Quería volver a verlo y sabía que, leal como él era, encontraría todo su apoyo, incluso que se casarían. Se imaginó en la casa, esa casa tan maravillosa donde tan a gusto se había sentido, con un bebé en brazos en la butaca del salón y Jaime detrás mirándola dar de mamar.

El orgullo le decía que no era así como lo quería. Lo quería enamorado, no obligado. Pero también sabía que era incapaz de no decírselo.

El bebé tenía sus derechos. Y el propio Jaime también. El bebé era cosa de los dos. Las circunstancias en las que se concibió fueron las que fueron. Ninguno de los dos podía echar marcha atrás. Pero el bebé se merecía un padre que supiera que existía.

Temió que Jaime, aun así, no quisiera casarse con ella.

No sería la primera vez que una pareja tenía un bebé, pero no llevaban una vida juntos. Se vio a sí misma como estaba ahora, trabajando de camarera y estudiando y con un bebé en la ecuación. Por un momento el peso de la responsabilidad fue demasiado para sus hombros. Pero no duró mucho. Por ese bebé era capaz de todo. De todo. Incluso de soportar una vida de indiferencia con Jaime.

Y de repente, comprendió, ya no estaba sola. Ya no era solo ella.

Sin darse cuenta, retrasó el llamar a Jaime, complacida con su descubrimiento y con el nuevo ser que crecía en su interior.

Los entresijos de la vida no podían ser más asombrosos. Había pasado de ser la mujer más deprimida de la tierra, a estar absoluta y totalmente maravillada con su milagro.

Y, aunque sabía que Jaime merecía formar parte de aquello, no encontraba el momento de romper ese estado de complacencia en el que se encontraba.

Se parecía a Escarlata O´Hara, diciéndose un día sí y al otro también: «Mañana, mañana lo haré» y, como la protagonista de *Lo que el viento se llevó*, al llegar el día siguiente, no lo hacía.

Primero esperó a la visita con la matrona, quien le aseguró que todo estaba bien y le dio cita para dentro de un mes. Aquella consulta médica hizo más real el hecho del embarazo, pero, aun así, no se decidió a llamar.

Pensó en presentarse en Madrid y contárselo. Cara a cara sería mejor. Podía ponerle un wasap diciéndole que le gustaría verle y hablar. No sabía qué haría si él la ignoraba o le contestaba diciendo que no había nada de qué hablar.

Acarició esa idea y estaba cogiendo el móvil de la mesa camilla donde se había sentado a descansar del estudio, cuando llamaron al timbre.

No esperaba a nadie y se asombró cuando escuchó un ladrido que reconocería entre mil.

Antes de que hubiera terminado de abrir la puerta, ya tenía a Thor en pie, a dos patas, lamiéndole la cara como un poseso y soltando gemidos de emoción mientras se dejaba abrazar por ella.

—¿Qué hacéis aquí? —preguntó Teresa cuando Thor, por fin, se calmó y comenzó a recorrer la estancia oliendo por todos lados y golpeando con su alegre cola cada mueble por el que pasaba.

—Hemos estado hablándolo Thor y yo y hemos decidido que no podemos vivir sin ti.

Teresa le miró, incrédula. Tragó saliva antes de poder decir nada.

—Pero yo no soy Marta.

Jaime negó, dándole la razón.

—No, no lo eres. Gracias a Dios. No podías ser más diferente a ella.

—Pero te casaste con ella.

—¿Puedo terminar de pasar? —preguntó, molesto, al ver que Terete le bloqueaba y él seguía en el umbral de la puerta mientras que el perro ya había recorrido el apartamento.

Teresa se echó a un lado y le preguntó si quería tomar algo.

—A ti —le contestó Jaime poniéndole a Teresa placenteramente los pelos de punta.

—No juegues conmigo, Jaime —le suplicó. Y había tal necesidad en su mirada, que Jaime se decidió.

—No estoy jugando. Vengo con más miedo que vergüenza de que tú no me quieras.

Teresa le miró con incredulidad.

—¡Pues claro que te quiero! ¿Qué crees, si no, que pasó con nosotros?

Jaime se encogió de hombros.

—Cumplías tus deberes maritales.

Teresa le escuchó sorprendida.

—¿Tú crees que yo... crees que yo simplemente estaba haciendo lo que haría una buena esposa?

—Dime que no es así.

—Me enamoré de ti desde que te vi en el hospital sin saber aún quién eras. Me odiaba a mí misma, cuando pensaba que era Marta, por lo mal que te había tratado y me tiraba de los pelos por lo necia y tonta que había sido.

—Y aun así, te fuiste.

—Y aun así, me fui —asintió, tragando saliva—. Es lo más difícil que he hecho en mi vida, Jaime. Pero creía que era lo justo.

Jaime meditó sus palabras.

—¿Lo justo para quién?

—¡Para ti, por supuesto! ¡No te iba a hacer cargar con una hermana que no era la que tú querías!

—No me ibas a hacer cargar... —Jaime repitió sus palabras con aturdimiento—. ¿De verdad lo pensabas así?

—Sí. Y todavía lo sigo pensando.

—Pues no. Eres la hermana correcta para mí. Eres la hermana que tenía que ser. Doy gracias a

Dios porque te pusiera en mi camino. Me devolviste la alegría de vivir, me devolviste la fe en el ser humano. Me trajiste paz de corazón y me enamoraste de lleno, Teresa.

—¡Pero pensabas que yo era Marta!

—Sí. Lo siento, pero sí, eso no puedo evitarlo. Eras Marta y, sin embargo, no eras ella en absoluto. —Se acercó a Terete y le cogió la cara suavemente en sus palmas—. ¿No te das cuenta, cielo? Lo que me enamoró de ti fue, precisamente, todo lo que era diferente a ella. Pude perdonar a Marta, a través de ti, porque no eras nada Marta. Ni siquiera en el físico.

—En el físico sí —le contradijo ella mientras recibía con agrado la caricia de los pulgares de él sobre su cara—. Somos gemelas idénticas.

—Para mí no, Teresa. Teresita. —La besó en los labios entreabiertos—. Eras tan diferente a ella también en los gestos, que todo parecido con ella había desaparecido. Si Marta todavía viviera, si os vistierais las dos igual, si estuvierais las dos en el mismo sitio, te identificaría nada más verte, Teresa. ¿No te das cuenta? Tu expresión, tu forma de mirar, la luz de tus ojos, la limpieza de tu mirada, la belleza de tu interior. ¿Crees que todo eso no repercute en tu físico?

Teresa se encogió de hombros, dubitativa, pero halagada.

—Te necesito, Teresa, por Dios. Créeme.

—Te creo —le sonrió.

—Bien, porque quiero que nos casemos cuanto antes.

Teresa abrió los ojos de sorpresa.

—¿Casarnos?

Jaime la miró atónito.

—¿Qué piensas? ¿Que vamos a estar de novios una temporada?

—Pues... pues la verdad no he pensado nada.

—Mejor, porque veo que se te da fatal. Nos vamos a casar y vamos a vivir juntos y vamos a crear nuestro propio camino y nuestra propia historia. Estos días quedarán como el grato recuerdo que sirvieron para conocernos. Y tu hermana Marta tendrá mi agradecimiento eterno por ello.

Teresa sonrió.

—Yo llegué a la misma conclusión. Le di las gracias por haberte conocido. Y eso me permitió despedirme adecuadamente de ella.

—Bien. Porque tres son multitud. Esta vez seremos solo tú y yo.

Teresa se lo quedó mirando con el entrecejo fruncido y su confusión debió traslucirse en su gesto.

—¿Qué?

—Pues que lo siento mucho, Jaime. Pero no podemos ser solo los dos.

Thor lanzó un pequeño aullido, mostrando su acuerdo.

Jaime sonrió.

—Ese perro tonto no puede seguir durmiendo en tu cama. Que quede claro.

—No me refería a él, aunque también. Me refería a alguien que viene irremediablemente en camino. —Y se tocó la barriga de esa manera que solo hacen las mujeres embarazadas, aunque no tengan ni tripa.

—¡No!

—Sí —le confirmó Terete pendiente de su reacción.

Ante su estupefacción, Jaime se arrodilló ante ella, la acercó a él y se puso a besarle la barriga con tal entusiasmo y devoción que las lágrimas le volvieron a brotar a Teresa, esta vez de infinita alegría y alivio.

—Entonces, ¿estás contento?

—¿Contento? ¡Eres mi sueño! ¡Lo que toda la vida he querido! ¡Dios mío! ¡Un hijo! ¡Ay, madre! Tendremos que ir al médico. —Y llevándola al sillón donde un rato antes estaba sentada Teresa, se sentó con ella en el regazo—. ¿Cómo te encuentras? ¿Estás comiendo bien?

—Ya he ido a la matrona —le anunció tranquila.

—¿A la matrona? Vamos a ir al mejor ginecólogo de España. A los mejores, no solo a uno.

Teresa se rio ante la exageración.

Thor, que movía la cola a su lado, ladró para mostrar su conformidad. Y Jaime y Teresa se abrazaron, conmovidos, agradecidos y sintiéndose profundamente bendecidos.

Epílogo

Teresa sabía que andaba como un pato y que estaba tan gorda como un hipopótamo. Al menos, así era como se sentía en la semana treinta y ocho de su embarazo. Tenía monitores aquella misma mañana y Pilar había pedido acompañarla.

—No te garantizo que vayas a ver a Tomás —le había dicho Teresa, sabiendo que su cuñada la quería acompañar para ver al ginecólogo, soltero, con quien parecía haber desarrollado una especial afinidad y con quien ya había tenido un par de citas.

—Mejor. Odio estar en la consulta y él tocándote a ti por todos lados mientras yo estoy mirando la pantalla de la ecografía como si fuera lo más interesante del mundo.

Teresa la miró preocupada.

—Si te pones celosa de su trabajo, vas a sufrir mucho, Pilar.

—¿Eres tonta? Lo he dicho completamente en broma. Sé a lo que se dedica y no me molesta lo más mínimo. Es como si el carnicero tuviera que comerse todo lo que corta o que, por el hecho de estar con solomillos todo el día, no pudiese comerse una buena hamburguesa al llegar a casa. ¡No te preocupes, cuñada! —suavizó el insulto dándole un beso—. Presiento que Tomás y yo estamos en el buen camino.

—Me alegro —dijo al sentarse en el asiento trasero del Austin Martin—, te lo mereces.

—Lo sé —bromeó de nuevo Pilar—. Me encanta ese vestido que llevas, por cierto.

Tanto ella como Jaime habían aplaudido que por fin Teresa se comprara ropa. Su propia ropa.

—Porque ya no quepo en nada de lo que hay. Ni en el vestido más suelto de Marta. ¿Has visto cómo me he puesto? ¿Has visto cómo tengo los pies? —le dijo mostrándole un pie hinchado metido a la fuerza en un mocasín plano de suave piel.

—Aguanta, que no te queda nada y, por la cara que tienes, yo diría que estás casi de parto.

—Espero que no, porque a tu hermano le da algo si no está él cuando pase.

—¿Dónde ha ido?

—Me ha dicho que tenía trabajo. A fin de cuentas, estos últimos días y por su culpa, Tomás me está haciendo ir a monitores casi un día sí y otro no para que tu hermano le deje tranquilo.

Pilar se rio.

—Me gusta verle así, tan despreocupado.

—¿Despreocupado? Pero si yo creo que ni duerme por las noches. Me enfoca con la linterna del móvil cada dos por tres a ver si respiro.

Pilar se volvió a reír.

—Sí, despreocupado. Que se preocupe por el embarazo es normal, pero es tan feliz contigo, Teresa. Me arrepiento tanto de las palabras que te dije aquella noche, cuando volviste del secuestro de Carlos.

—¿Arrepentirte? ¡No! ¿De qué?

—Sé que di a entender que tú habías sido una especie de sucedáneo para Jaime, pero que su amor verdadero fue Marta. Pero es lo que en verdad pensaba en aquel momento. Perdóname, por favor. Todo este tiempo he pensado, y estoy segura que no sin razón, que fue lo que hizo que te marcharas aquella mañana.

—No —negó Teresa, que no quería que su cuñada sufriera—. No era nuestro momento ahí. Los dos teníamos que despedirnos de Marta, cada uno a nuestra manera, y ver dónde nos dejaba aquello. Sin intromisiones. Habíamos comenzado nuestra relación con una mentira.

—Lo sé. Y sé que todo acabó bien, pero Teresa, yo no te había perdonado. Cuando vi que eras tan diferente a la Marta anterior, cuando vi bondad en ti, me sentó peor. Después de haberme quitado a mi pareja, ¿ahora ibas tú a reanudar tu vida con Jaime como si nada? Algo en mi interior se rebelaba. ¿Y yo qué? ¿Yo no iba a poder tener una segunda oportunidad también? Perdóname, por favor.

—Te repito, hermana, que no hay nada que perdonar.

Y ese «hermana» le calentó a Pilar el alma, tal y como Terete pretendía.

Llegaron a la clínica y Jaime esperaba ya en la puerta. Y fue justo al ayudar a salir a Teresa del coche, cuando está sintió la contracción y el calor líquido mojarle las piernas. Jaime se quedó atónito mirando el agua que se escurría hasta el suelo.

—No es pis —se apresuró a aclararle Teresa—. He roto aguas, Jaime —le informó con condescendencia.

—¿Has roto...? ¿¡Has roto aguas!? ¡Ay, madre! Eso es que es el momento, ¿no?

Teresa, tranquila, asintió.

Los gemelos nacieron, a pesar de los nervios y las prisas del padre, casi seis horas después. Pesaron más de dos kilos y medio cada uno, evitando así que ninguno tuviera que estar en la incubadora y con nueve y diez en sendas pruebas del test de Apgar.

Jaime no podía estar más feliz. No sabía a cuál de los dos coger mientras Teresa, cansada, le dejaba hacer y disfrutaba de su alegría.

—Los vamos a educar fenomenal —dijo de repente Jaime—. No vamos a permitir que haya uno bueno y otro malo. —Miró a Teresa, que le devolvió la mirada con la duda de cómo se haría eso—. Quiero que los dos sean buenas personas —le dijo en voz alta.

—Trabajaremos para que así sea. —Consintió Teresa, que tenía algunas ideas de cómo, con cariño y firmeza, había que ir creando rutinas y buenos hábitos desde chiquitines. Para eso había aprobado su oposición de maestra y creía, verdaderamente, que la educación adecuada podía con los malos instintos—. De momento, ve pasándome a uno para que me vaya estimulando el pecho —le pidió a su marido, siempre práctica, sabiendo que necesitaba la subida de leche para poder apaciguarlos en breve.

Jaime miraba a su mujer y dio gracias a Dios. Todo había empezado con ella en un hospital y de nuevo, en un hospital, habían multiplicado la vida con las obras de su amor.

Agradecimientos

Gracias a los que me leéis siempre con tanto cariño. Espero, nuevamente, haberos entretenido.

Gracias a Rosalía Mayor por sus cariñosas y acertadas correcciones.

Gracias a HarperCollins, y HQÑ, por volver a apostar por mí.